阿久津遼
天職＝魔法剣士
臼井紗代
天職＝聖女
武田信夫
天職＝農民?
キャラクター紹介

リオ?
天職＝騎士
ファーラ
聖公国王女
佐倉美鈴
天職＝戦姫

「……もうちょっと大きい方がいいわね」
胸の大きさを変えるくらいなら朝飯前だ。
俺はDカップまで持っていった。
「いいわね！　それでこそ、まさにあたしよ！」
全然違うと思う。
武田信夫
本人監修による変装中
ソフィア
ウスラ王国の巫女

残念！それも俺でした

分身スキルで100人の俺が無双する 1

九頭七尾
Shichio Kuzu
イラスト B-銀河

CONTENTS

ノクスノベルス

プロローグ 序章

俺の名前は武田信夫《しのぶ》。

二十八歳の独身で、職業は高校教師だ。担当科目は化学。

現在は都内の公立高校で教鞭を執っている。

〝先生〟なんて尊称され、少年少女たちを教え導く特別な存在――それが教師なわけで。

俺も実際になってみれば、先生と呼ばれるに相応《ふさわ》しい威厳というか、貫録というか、きっとそういったものが出てくるだろう。そう思っていた。

残念ながら、そんなことはまったくなかったぜ……。

まぁ学生時代と同じように、帰宅後や休日はゲーム三昧。あるいは漫画やラノベを読み耽《ふけ》っているような毎日だ。

中身はまったく変わってないもんな。

どうやら「立場が人を作る」なんてのは真っ赤な嘘だったらしい。

しかしそうは言っても……まさか教師になってまでイジメに遭《あ》うなんて、さすがに想像できないよなぁ。

俺は今、一人の男子生徒からカツアゲされそうになっていた。

「なぁ武田、金貸してくれよ。ちょっと金欠でやべぇんだって。一枚でいいからさ」

阿久津遼《あくつ》。

馴れ馴れしい口調ながら、その言葉には有無を言わさぬ雰囲気があった。

しかも高校生離れした厳《いか》つい見た目をしており、学校の規則に逆らって髪の毛の一部を金色に染めている。

このクラス一の問題児というか、古い言い方をすればいわゆる番長みたいなやつだった。

ちなみに現在、授業中である。

「か、関係のない話は後で……」

「いいじゃねーか。どうせお前の授業なんて、聞いてても無駄なんだしよ」

か細い声で訴えるも、阿久津は聴く耳など持たず教壇へと近づいてくる。

俺より十センチ以上も背が高くて肩幅も広いため、めちゃくちゃ威圧感がある。

「せ、席を立つなっ……」

「おい、声が震えてるぞ？　くくく、だっせぇ。教師のくせに生徒にビビってやがんの！」

阿久津が笑うと、いつも彼に付き従っている生徒たちも笑い、さらにその笑いは教室中に伝播《でんぱ》していった。

俺の味方は一人もいない。

冴えない男性教師の俺は、生徒たちから嫌われているのだ。

ちなみにクラスの担任ではない。俺は化学の授業を受け持っているだけで、担当しているクラスはなかった。

「おい、とっとと出せよ」

「でっ⁉」

蹴られた。

細身の俺はあっさり吹っ飛ばされ、教壇の上で倒れ込んでしまう。教師に暴力を振るったにもかかわらず、阿久津はニヤニヤと笑っていた。

「ああ？　何だその目は？　やる気か？」

「……」

やり返したら最後、こっちの教師人生は終了だ。

そのくせ、このことを教務主任や教頭に訴えても意味はない。

実を言うと、暴力やカツアゲはこれが初めてではなかった。

今までも何度か被害に遭っているのだが、そのことを伝えると「教師なのに金を渡してしまった君も問題だ」と言われたのだ。

意味が分からない。

そして「今回のことは問題にしないから、君も胸に仕舞っておいてくれ」だ。

恐らく公《おおやけ》になって学校の評判が落ちることを危惧しているのだろう。

ほんと理不尽だよ。

「わ、分かった……貸してやるから、席に座ってくれ……」

屈辱を呑み込み、俺は財布から千円札を出す。

もちろん返ってくるとは微塵も思っていない。

「は？　ふざけんな。万札に決まってんだろ」

ふざけんなはこっちの台詞《せりふ》だ。

クソみたいな長時間労働だってのに、教師の給料がどれだけ少ないか。

しかし従うしかない。万札に取り換える。

ああ、俺の諭吉が……。

「センキュー」

阿久津はそれをひったくると、さっさと席へと戻っていった。

すでに授業をできるような空気ではない。

私語やスマホ弄《いじ》りは当たり前。中には堂々と弁当を食い始めているやつもいる。

完全に学級崩壊だった。

小学校ならよく聞く話だが、最近では高校でもあるんだなぁ……。

――キーンコーンカーンコーン。

そのとき唯一の救いとも言うべき、授業の終わりを告げるチャイムが鳴り響いた。

「今日の授業は終了だ……」

ぼそぼそと呟《つぶや》き、俺は逃げるように教室を出ようとする。

「え？　何これ？」

「うわっ？　どういうこと？　なんか光ってるし……」

そんな謎の声が聞こえてきたが、気にせず教室の扉へと向かう。

直後、横から車のライトで照らされたような光を浴びせられた。

そこでようやく俺も異変に気づく。目を眇《すが》めながら視線を転じると、教室の床に巨大な紋様《もんよう》が浮かび上がっていて、そこから鮮烈な光が溢れ出していた。

「魔法陣……？」

そう呟くが早いか、俺たちはその光に呑み込まれてしまった。

第一章　忍者ヤバイ

これはいわゆる異世界転移というやつではないだろうか。

それもクラスごと転移するタイプの。

謎の光に呑み込まれた一クラス総勢四十名＋αは、荘厳な空間に立ち尽くしていた。

白い大理石でできた床や壁。柱には見事な彫刻が彫られており、天井には美しい絵画が描かれている。

まるでヨーロッパの大聖堂だった。

「これは一体、どういうことなの……？」

すぐ近くから聞こえた声は、女性のものだった。生徒ではない。

英語教師の佐倉美鈴《みすず》。

俺より三つ下の二十五歳で、彼女こそがこのクラスの担任だった。

気の強そうなきりっとした眉に、整った顔立ち。肌の艶は十代の少女たちにも引けを取らず、薄めのメイクでも十分に美人である。

ややキツめの性格ではあるが、数少ない若い女性教師ということもあって、男子生徒はもちろん女子からも憧れの存在だ。……俺とは対照的に。

たぶんＨＲのために、ちょうど教室へと戻ってきたところだったのだろう。

しかし普通、こうしたクラス転移に巻き込まれるのは、教師一人って相場が決まってると思うんだが……何で俺まで？

「ようこそ、アルタール聖公国へ」

凛《りん》とした声が響いた。

見ると、数人の配下を引き連れながら、いかにも高貴な身分ですといった格好の少女がこちらへと歩いてくる。

まるで宮廷の舞踏会にでも着ていくような、煌《きら》びやかな衣装に身を包んでいるのだ。

芸術センスなど皆無の俺ですら、超一級品であることが分かるほどのドレス。

きっとあれ一着で、俺の一か月分の給料なんてあっさり飛んでいくんだろうなぁ……。

しかしそんな品物ですら、持ち主を慎ましやかに華やがせるに留まっている。

少女はあまりにも美しかった。

目も鼻も、口も。それぞれが単体でも完璧な造りをしていながら、なおかつすべてのパーツが黄金比で配置されているのだ。

超一流の小説家でも、きっとその美を言葉で表現することなど不可能だと筆を投げることだろう。

さらに、銀の髪。

それ自体が光を発しているのではないかと思うほどに、天井から降り注ぐシャンデリアの光を反射してキラキラと輝いていた。

「わたくしはアルタール聖公国第一王女、ファーラ＝リア＝アルタールと申しますわ」

どうやらこの美少女、王女様らしい。

まさにファンタジー世界のヒロイン然としたその美しい容姿に、女子までもがうっとりと吐息を漏らす中。

彼女ははっきりと告げたのだった。

「俄《にわ》かには信じられないかもしれませんが、ここは皆様がいらっしゃった世界とはまったく異なる世界――すなわち異世界に当たりますの」

「異世界⁉」

「俺、最近そんな小説読んだことあるぞ！」

さすが近頃の高校生と言うべきか、すぐにピンときた者もいるようだ。

ファーラ王女は、どこか憂《うれ》いのある表情を浮かべて訴える。

「いきなり皆様をお呼びしてしまったこと、大変申し訳なく思っておりますの。ですが今、我々は皆様方のお力に頼るしかない逼迫《ひっぱく》した状況に置かれているのですわ」

彼女が言うには、この世界の人類は今、恐るべき力を持った凶悪で狂暴な魔族に脅《おびや》かされているとか。

そこで女神様の御力を借りて、異世界から魔族に対抗し得る戦力――つまり勇者を召喚したのだという。

それが俺たちだ。

もちろんすぐに戦いに赴《おもむ》くというわけではなく、これからしっかりと訓練をして力を付けた上でのことだと説明してくれた。

うん、この辺はドテンプレだな。

「どうか、わたくしたちを救っていただけませんか？」

潤んだ瞳で懇願《こんがん》してくる王女様。

「皆様がわたくしたち人類の希望……最後の砦《とりで》なのですわ……。もし皆様にお力を貸していただけないとなれば、人類はそう遠くない未来、魔族に完全に支配され、地獄のような時代が訪れることに……」

「も、もちろん、いいよな⁉」

「当然だ！　あんな美人にお願いされたら断れないだろ！」

男子たちは単純だった。

すぐに乗り気になって、口々に快諾を表明していく。

一方、女子には難色を示す生徒たちも多かったが……すかさず「ああ、皆様、本当にありがとうございますわ……！」と王女様から涙ながらに感謝の意を示されると、異を唱えるような空気ではなくなってしまう。

はっきり物を言う性格の佐倉も口を出せずにいる。

俺？　俺なんてなおさらだ。

そしてお約束のステータス確認となった。

俺たちはそれぞれ〝鑑定具〟なるものを手渡された。

金属でもプラスチックでもない不思議な素材でできた長方形の魔導具で、手にして念じるとステータスが表示されるらしい。

かなり貴重なものだそうだが、一人に一つずつくれるそうだ。

王女様が言うには、この世界には〝天職〟と呼ばれるものがあるらしい。

例えば《剣士》だったり、《魔術師》だったり、《鍛冶師《かじ》》だったり、《商人》だったり。

簡単に言うと持って生まれた才能で、これを有する者は持たない者とは比べ物にならないほど、その分野において高い資質を示すという。

なんて不平等な世界なんだ。と思ったが、地球でも目には見えないだけで歴然とした才能の有無が存在するし、大して違いはないな、うん。

「天職の中でも、戦闘系は稀少ですわ。天職を持っている人は十人に一人くらいいますが、戦闘系となると数千人に一人しかいません」

だが異世界から召喚された勇者たちは、ほとんどが戦闘系の天職を持つのだという。

「俺は《剣士》か」

「あたしは《魔術師》よ」

「おおっ、《召喚師》だって！　もしかしてドラゴンとか呼び出せんのかな⁉」

もちろん戦闘系の中でも、その稀少性や価値に差異があるらしい。《剣士》は数が多いが、《魔術師》は比較的少なく、《召喚師》はさらに珍しいそうだ。

そして同じ天職であっても、ステータスや修得〝スキル〟には個人差があるという。

さらに天職の中には、〝上級職〟と呼ばれる強力なものもあるようで、

「すごいですわ、サクラ様！　《戦姫》だなんて！　こと戦闘においては最強とも言える上級職ですわ！」

「え？　あ、は、はい……そう、なんですか……」

王女様に称賛されるが、佐倉はいまいちピンときていない様子だ。

恐らくゲームとかもあまりやったことがないのだろう。

サクラ・ミスズ　レベル1

天職：戦姫

筋力A　物耐A＋　器用S　敏捷《びんしょう》A＋　魔力C　魔耐B＋

スキル：〈剣技〉〈自動回復〉〈戦場理解〉〈士気高揚〉〈アイテムボックス〉〈言語理解〉

AとかBというのは、その能力値の上がりやすさを示すらしい。

最高でS。最低でE。一般的にDが平均とされているらしい。戦闘系の天職でも平均はせいぜいB。

つまり、戦姫の成長率は総じてかなり高いということだ。

スキルは多くてもせいぜい二つか三つ。

しかし上級職ともなれば、四つ持っていることもあるという。なお、〈アイテムボックス〉と

〈言語理解〉は、勇者特権で必ず与えられるらしい。

他にも結構な人数の上級職がいるようだった。

例えば阿久津だ。

「《魔法剣士》！　アクツ様も素晴らしいですわ！」

アクツ・リョウ　レベル1
天職：魔法剣士
筋力Ａ－　物耐Ｂ＋　器用Ｂ＋　敏捷Ａ　魔力Ａ　魔耐Ａ
スキル：〈剣技〉〈火魔法〉〈風魔法〉〈魔法剣〉〈アイテムボックス〉〈言語理解〉

「はっ、当然だな」

何が当然なのか分からないが、阿久津は偉そうに鼻を鳴らす。

そのとき俺と目が合ってしまう。

「つーか、武田まで来ちまったのかよ？　お前みたいなキモイおっさんが勇者とか、どう考えてもおかしいだろうが」

そんなふうにナチュラルに俺を罵倒しながら、阿久津が近づいてくる。

「で、どんな天職だったんだよ？」

阿久津は手を伸ばし、俺の鑑定具をひったくった。

タケダ・シノブ　レベル1
天職：農民
筋力C＋　物耐C－　器用C　敏捷D　魔力D－　魔耐D－
スキル：〈農耕〉〈アイテムボックス〉〈言語理解〉

「ぎゃはははははっ！　非戦闘系じゃねぇか！」

阿久津の笑い声が弾けた。

それに誘われるように、続々と他の生徒たちが集まってくる。

「うわ、マジだ」

「え、勇者って全員、戦闘系じゃないの？」

「武田だっせー。てか、めちゃくちゃお似合いだな！」

そして俺のステータスを確認しては次々と笑い出す。

……まぁ、こんなことはもはや慣れっこだ。

ところで、俺の本当のステータスはこっちである。

タケダ・シノブ　レベル1
天職：忍者

筋力A－　物耐B＋　器用S　敏捷S＋　魔力B　魔耐B
スキル：〈剣技〉〈体術〉〈分身〉〈変装〉〈隠蔽《いんぺい》〉〈アイテムボックス〉〈言語理解〉

俺の天職は《忍者》だった。

ここ、中世ヨーロッパ風のファンタジー世界だよな？

◆　◆　◆　◆

忍者と言えば、リアルな忍者と、後世の創作によって生み出された忍者（笑）の二つに大別できると思う。

リアルな忍者は、戦闘はあまり得意ではなかったという。諜報や潜入工作などが主な仕事なのだから当然だろう。

戦いは最終手段で、可能な限り避けるべきものだからだ。

だが最近の忍者は、むしろ高い戦闘能力を有する存在として描かれることが多い。

最強の格闘技《カラテ》で敵を圧倒し。

球切れ無しの手裏剣《スリケン》を乱れ投げ。

そして魔法めいた万能の呪術《ジツ》を披露する。

——ニンジャヤバイデス。

何でこのファンタジー世界に忍者が？　というツッコミはさておき、この世界の忍者はどちらかと言えば後者に近かった。

上級職である《戦姫》や《魔法剣士》に勝るとも劣らないステータスは、当然ながら並みの戦闘系天職である《剣士》や《騎士》などを大きく凌駕《りょうが》している。

だがとりわけ強力なのが保有しているスキルだろう。

勇者特権スキルを除いても全部で五つある上に、なかなか便利なものが揃っているのだ。

例えば、俺が偽のステータスを生徒たちに見せたのは〈隠蔽〉によるものだ。

なぜ隠したのか。

もちろん王女が胡散臭《うさんくさ》かったからだ。

異世界モノのテンプレの一つ、「召喚した連中が実は悪者だった」というパターンを警戒したのである。

あの王女、この国で唯一、女神のお告げを聞くことができる《巫女《みこ》》という天職でもあることから、実質的に国王以上の権力を有しているらしい。

あの美貌と物腰の柔らかさから、生徒たちは彼女のことをあっという間に信頼してしまった。

だが俺は知っている。

俺が非戦闘系天職の《農民》であると分かったとき、あいつが落胆と冷淡さに満ちた視線を向けてきたことを。

ただし確信はない。

もっと情報が欲しいのだが、地球のようにネットがあるわけではないし、王宮内の許されたスペースで限られた人間としか会話ができないため、簡単ではないだろう。

町中に魔族のスパイがいる危険性があるからと、勝手に王宮から出ることも禁止されてしまっているし。

ちなみに現在、俺は割り当てられた部屋にいる。

勇者たちには一人一室、王宮内に部屋が用意されていたのだ。

学校の教室並みの広さで、呼び鈴を鳴らせばすぐに侍女が来てくれるというから素晴らしい。

ふかふかのベッドに、明らかに天然物と思われる革張りのソファ。絨毯《じゅうたん》も毛足が長く、普通にここで寝られそうだ。

その他の調度品もどれも一級品。

まるで高級ホテルのスイートルームである。

高校生には贅沢《ぜいたく》過ぎるぜ。

常に監視されてるっぽいがな。

……と、話が脱線してしまったな。スキルのことに話を戻そう。

使い方については、なぜか最初から感覚的に理解していた。

だからこそあのとき、咄嗟《とっさ》に〈隠蔽〉を使ってステータスを誤魔化すことができたのだ。

ただ、細かい効果範囲などまでは分からないので、色々と試してみる必要がありそうだ。

訓練は明日からのスタートで今日はもう休むだけなので、今のうちに確かめておくことにした。

その結果、どうやら〈隠蔽〉の効果は物体にも及ぶことが分かった。

例えば目の前にあるこの椅子に使うと、その存在が薄れ、見えなくなってしまう。あまり大き過ぎると難しいようで、ベッドを丸ごと隠すことはできなかった。

できれば第三者から見たときにどうなのかも知っておきたいな。

自分自身にも使うことができたので、それで効果範囲を調べてみることにした。

自らに〈隠蔽〉を施した状態で部屋を出た。

するとちょうどタイミングよく、廊下の向こうから侍女が近づいてくる。

王宮に仕えているだけあって、なかなかの美人だ。

「……ちゃんと見えなくなってるはずだよな？」

ドキドキしながら侍女の目の前に立ち塞《ふさ》がると、彼女は俺に気づく様子もなく、そのまま速度を落とさずに真っ直ぐ歩いてくる。

「っ⁉」

ぶつかってしまった。ふわっと甘い匂いが鼻腔《びこう》を擽《くすぐ》る。

「も、申し訳ありませんっ？」

頭を下げて謝罪してくる侍女。

首を傾《かし》げながら去っていく彼女を見送り、俺は確信した。

……なるほど、本当に見えなくなるようだな。

問題は、ぶつかった後には俺のことを認識できるようになってしまったことだ。

接触するとアウト、と。

では、声を出すとどうなのか？

すでに認識された状態で〈隠蔽〉を使うとどうなるのか？

この辺りの検証も必要だろう。

あと、〈隠蔽〉を見破れるスキルもあるかもしれないので、注意しなければならない。

「武田先生」

いったん部屋に戻ろうとしたそのとき、聞き慣れた声が俺を呼んだ。

振り返るとそこにいたのは佐倉だ。

「少しいいかしら？」

佐倉はそう訊《き》いてくるが、有無を言わせぬ雰囲気だった。

俺が教師になるまで何年か足踏みしたこともあって、実は同期だったりする。

そのため歳は三つ下なのだが、彼女は基本、俺に対してタメ口である。

あまり人に聞かれたくない話らしく、彼女の部屋へと連れていかれた。

女性の部屋に入れてもらうなんて何年ぶりだ！　と思ったが、まだほとんど使っていないので俺の部屋と何の違いも無かった。

だが二人きりだ。

話って、まさか……なんて期待はしない。

同じ学校に新人教師として配属された直後は、「いずれ二人は恋に落ちて職場結婚……」などという妄想をしたものだが、残念ながら今では絶対にあり得ないと悟っている。

「はぁ……相談できる大人があなたしかいないなんて……」

いきなり溜息を吐《つ》かれてしまう。

悪かったな。

「で、あなたはこのまま王女様の願い通りに動いていていいと思ってる？」

すでに異世界召喚などという意味不明な状況自体は受け入れたようで、佐倉はそんな質問を投げかけてくる。

「どうって……今さら断ることなんてできないだろ？」

「……生徒を危険に晒《さら》す気？」

じろりと睨《にら》まれる。怖い。

俺は少し怯《ひる》みつつ、

「じゃ、じゃあ元の世界に帰してくれって、今からでも王女様に訴えるのか……？」

「わたしはそうすべきだと思うわ」

「……断られたら？」

「そのときはそのときでしょ」

「こ、断られるだけならいい。……強硬手段に出られたらどうするんだよ？」

「……」

「そもそも連中の機嫌を損《そこ》ねて、帰してもらえなくなったら最悪だし……。お、俺は今のところは従うしかないと思っている」

俺としては至極まっとうな意見を言ったつもりだった。

だが納得がいかなかったのか、佐倉は不機嫌そうに眉根を寄せて、

「……逃げてばかり」

そんな呟きとともに、蔑《さげす》むような視線を浴びせられる。

「見てたわよ。あなたが生徒にカツアゲされてるところ」

ドキリ、と俺の心臓が跳ねた。

「生徒からそんなことをされて、あなたはどうする気？」

「……」

「どうせ何もしないんでしょ？　泣き寝入りして、状況を自分から改善しようなんてしない」

「……」

「それでも教師なの？」

「……」

「あなたみたいなのが同じ教師とか、考えただけで苛々《いらいら》するわ。……もういい。出て行って。あなたに相談したわたしが馬鹿だったわ」

俺は何も言い返すことなく、大人しく部屋から出ていった。

「そもそも、アレはお前のクラスの生徒だろうが。自分の教育の不行き届きを俺のせいにするん

じゃねーよ」

と、本人に直接言える度胸はないので、俺は自室で一人寂しく喚《わめ》く。

まぁ阿久津みたいな生徒は教師の力でどうこうできるレベルじゃないけどな。

生徒の人格矯正は高校教師の仕事じゃない。

「……てか俺、何で教師なんて選んだんだろ」

思わず自問してみるが、理由ははっきりしている。

教師になるというのは高校時代からの夢だった。

というのも、高校時代に陰湿なイジメに遭い、人生に絶望を抱いていた俺は、当時の担任のお陰で救われたからだ。

俺も恩師のように、誰かを救えるような教師になりたい。

そう思って、大学で教員免許を取り、試験を突破して晴れて教師となった。

しかし現実は理想と遠かった。

「にしても、さすがに遠すぎだろ、これ」

大きな溜息が漏れる。

「……辞めたい」

そう口にしてみると、何だかすっと心が楽になった気がした。

そうだ。嫌なら辞めりゃいいんだよ。

むしろ、なぜ今まで教師という仕事に固執していたんだと思えてくる。だいたい俺は恩師のような人格者じゃない。むしろ下衆《げす》な方だ。

「うん、辞めよう。教師なんて俺には向いてない。長時間労働だし、ストレスフルだし、そのくせ給料安いし」

必死になって勉強して取った教員免許は勿体《もったい》ないが、まだギリギリ二十代。

別の道を選ぶにはまだ遅くないはず。

「俺、元の世界に戻ったら教師辞めるんだ」

死亡フラグみたいな台詞になっちまった。

「そうと決めたら本当に気持ちが軽くなったな。……もう、教師らしく振舞う必要もない」

俺はニヤリと口端を歪《ゆが》めて嗤《わら》う。

——この瞬間、俺を縛っていた道徳的なタガが外れた。

「くくく……俺を馬鹿にした女子ども。それに佐倉め……見てろよ……」

〈隠蔽〉スキル。

こいつを使って連中に復讐してやるのだ。

何をするかって？　いやいや、分かるだろう？

だがその前に、もう少ししっかりと検証しておかなければなるまい。

あと、佐倉のせいで後回しになってしまったが、他のスキルもチェックしておきたいな。

〈剣技〉や〈体術〉はその名の通りだろう。

今は剣を所持していないので、軽く〈体術〉の方だけ確かめてみようとパンチやキックを繰り出してみる。シュシュシュ、シュパッ！

「……すげぇ」

素人目でも分かるくらい、見事なシャドーボクシングができた。

格闘技をしていた経験などないというのに、まるで幼い頃からやってきて身体《からだ》に染みついているかのようだ。

「次は……〈分身〉スキルだな」

これがどのようなスキルなのかは概《おおむ》ね理解していた。

しかし実際にやってみるまで、いまいち実感が持てない。

何せ、これは自分の〝分身体〟を生み出すというスキルなのだ。

俺は意識を集中し、自分の身体が二つに分離していくところを脳裏に思い浮かべた。

「「うおっ⁉」」

突然、目の前に現れた自分に驚き、思わず声を上げてしまった。

それは相手も同じだったようで声が重なってしまう。

「「ほ、ほんとに自分がいる……」」

って、また被った。

同じ人間なのだから仕方がないが……それにしても、瓜《うり》二つだな。

「「すげぇな……何でもアリなのかよ、この世界」」

ていうか、忍者の分身の術って、あくまで残像的なものだろ？

分身を作り出すというのは漫画なんかではよくあることだが、実際にやるとなると色々と疑問が湧いてくる。

質量保存の法則は？　生み出された意識はどこから来た？　いわゆる魂的な問題は？

……などなど。

まぁ考えても分からないので、深いことは気にしないようにしよう。

「一応、確認するぞ。俺が本体で」

「……俺が分身」

「つまり俺の方が偉い」

「…………分かってるよ」

分身は少しだけ不服そうだった。

しかし自分と会話するのってなかなか不気味だな。

双子みたいなものと考えればいいか。

分身は本体の俺とまったく同じステータスを持っているらしい。

能力が二分割されるというわけではないため、作り出せば単純に戦力が二倍になる。

さらに記憶や性格も完璧にトレースしているようで、放っておいても俺とまったく同じ行動を取ってくれる非常に便利な存在だ。

ただし制限時間があるらしく、いつまでも出していられるわけではなかった。

大《おお》よそ三十分ほどで消えてしまう。

そして同じく三十分というインターバルで、再び出すことができるようになった。

レベル的なものが上がれば、もっと長い時間維持できるようになると信じたい。

さらに現在は一体しか生み出すことができないようだが、これもいずれ数が増えていくことを期待しておく。

「次はどの程度の距離、本体と離れていても大丈夫なのか確かめてみるぞ」

「へいへい」

分身が部屋から出ていった。

分かったのは、距離が離れるほど制限時間の消費が早くなってしまうということだ。

逆に制限時間内であれば、本体からはどれだけ離れても問題ないらしい。

あとは分身が消えると、その記憶は本体の俺に統合されることも分かった。廊下で生徒とすれ違い、「キモっ」と呟かれた記憶がちゃんと俺の頭に残っている。……泣ける。

もしかしたら経験値みたいなのも統合されるのかもしれないな。

他には分身が死ぬとどうなるのかは気になるが……。

「試しに殺してみるか」

「今ここで血みどろのバトルが繰り広げられることになるぞ?」

さすがにやめておこう。怖いし。

続いて〈変装〉スキルを試してみた。

部屋の鏡の前で使ってみる。

「おおっ！　これはすごい……っ！」

そこには超絶イケメンとなった俺の姿があった。

モデルは最近売出し中のイケメン若手俳優だ。

この顔で生まれていたら生徒とヤりまくれただろうに……。

そう。〈変装〉スキルは、自分の風貌を特殊メイクもびっくりのクオリティで、思い通りに変化させることができるというものなのだ。

しかも特殊メイクと違い、触ってみても分からないし、ちゃんと表情も作れる。

服装も弄れるようだ。

さらに俺は別の姿へと〈変装〉してみる。

「うお、マジで佐倉じゃん」

鏡に映る俺の顔は完璧に佐倉のそれと化していた。

鼻の頭を指で押し上げ、「ブヒッ」と言ってみる。

美人顔が台無しだ。

「やべぇ、これは面白い」

ただし非常に残念なことに身長や体型、そして性別までは変化させることができなかった。

下半身に付いているのは見慣れた俺の息子である。

まぁでも佐倉の顔でシコるというだけでも十分興奮できるので、鏡を見ながら一発抜いておいた。

ドピュッ。

勇者特典の〈アイテムボックス〉は言わずと知れた便利スキル。

大よそ十畳分くらいの容量があるとか。

〈言語理解〉についてはすでに効力を発揮してくれている。

これがあるお陰で、城の人たちと普通に会話を交わすことができるのだ。

「あとは……二つ以上のスキルを同時に使えるかってところか」

再び分身を作り出し、〈変装〉させてみる。

「おお、できた」

俺の目の前に佐倉（顔だけ）が出現する。

「あなたみたいなのが同じ教師とか、考えただけで苛々するわ」

「めっちゃ似てる」

「ああんっ、欲しいのっ……武田せんせぇのおち○ぽ欲しいのぉぉぉっ！」

「いや、お前にも俺のがついてるだろ」

「くくく、最高だな」

二人して佐倉で遊ぶ。ささやかな復讐だ。

さらに分身は〈隠蔽〉で姿を消すこともできたし、〈体術〉の効果で格闘技も普通にできた。試してないが恐らく〈剣技〉も使えるのだろう。

「とりあえずこんなところか」

分身を消し、一人になって呟く。

するとどっと眠気が押し寄せてきた。気づけばもう夜遅い。

明日からは訓練がスタートするそうだし、今日はこの辺にして休むとしよう。

◆◆◆◆

翌日、俺たちは訓練場に集まっていた。

屋外ではあるが、王宮の敷地内に設けられており、兵士たち専用のトレーニング場らしい。

広さは体育館くらいだろうか。地面はすべて土だ。

端の方には、空手の巻き藁《わら》のように使うのか、杭《くい》に取り付けられた鎧が並んでいた。

緊張の面持《おもも》ちで俺たちが整列していると、そこへ鎧を身に着けた屈強な兵士たちがやってきた。

ファーラ王女が彼らのことを紹介してくれる。

「彼らはこの聖公国が誇る近衛兵たちですわ。さらにその中でも選《え》りすぐりの精鋭たちを、皆様方の訓練のために用意させていただきましたの」

その内の一人が前に出てきて簡単に挨拶する。

「私が隊長のサイバルだ。これからよろしく頼む」

身長二メートル近い巨漢の中年男性だ。ボディービルダーのようなマッチョで、二の腕や足の筋肉が凄い。

肌の色は浅黒く、白人と黒人のハーフっぽい容姿をしている。

ちなみに王宮内では白人、黒人、黄色人種に、それらの特徴が混じり合った人など、かなり多彩な見た目の人が生活していた。

お陰で俺たちの容姿が浮き過ぎずにすんでいる。

そんなことを考えていると、突然、生徒たちがざわめいた。

さっきから何となく嫌な気配がしていた頑丈そうな扉が開かれたかと思うと、その中から人型の怪物が姿を現したのだ。

……オーク、だろうか。

豚の頭をした人型の魔物だ。サイバルに並ぶほどの巨体で、怒り狂ったように鼻息を荒くしながら訓練場内へと入ってくる。

「あれはオークという魔物だ」

思った通りオークらしい。この世界でも同じ名前なのかと一瞬思ったが、もしかしたら〈言語理解〉によって俺たちにも通じる形で翻訳されているのかもしれない。

「我々は魔物に対して〝危険度〟というものを設定している。SからEまでの六段階で、Sが最高、つまり最も危険な魔物だ。一般的なオークは危険度Cに相当し、並の人間では歯が立たない。だが……リオ」

「はい」

返事とともに剣を抜き、前に出たのは金髪碧眼の白人系イケメンだった。

青い瞳に、高い鼻梁《びりょう》。男らしさがありつつも、ちょっと中性的な顔立ちをしていて、美男子という表現が相応しい。

すらりとした細身の体型で、サイバルと比べると小さく見えてしまうが、恐らく百八十前後はあるだろう。

どこぞの国の王子様だと言われてもおかしくない容姿に、女子たちが思わず感嘆の声を漏らしている。

……やっぱイケメンはチートだわ。

「ブオオオオッ！」

オークが雄叫《おたけ》びを上げて躍《おど》りかかってきた。

その圧倒的プレッシャーに、生徒たちが、ひっ、と悲鳴を上げる。

それに単身で立ち向かったのはリオだ。体格ではオークが圧倒的に上。

しかし一瞬の交錯の後、断末魔の声を轟《とどろ》かせたのはオークの方だった。

右肩から左の脇腹にかけてを見事に両断され、巨軀《きょく》がその場に崩れ落ちる。

そして次の瞬間にはオークの身体が灰と化していた。どうやらこの世界、魔物の死体が残らないパターンらしい。グロ耐性の低い俺にはありがたい仕組みだ。

おおおっ、すげぇ、と生徒たちから歓声が上がる。

「リオの天職はただの《騎士》だ。しかしこの通り、十分にレベルを上げたならば、オークなど敵ではない」

と、サイバル。

「勇者である皆さんなら、きっと僕なんかよりずっと強くなれます。一緒に頑張りましょう」

涼しい顔をして戻ってきたリオが微笑《ほほえ》む。

極上の笑みを向けられた女子たちの目に、次々とハートマークが浮かんでいく。

ちらりと視線をやると、佐倉もうっとりとした顔で彼を見ていた。

昨晩、俺に向けてきた嫌悪の顔とは真逆である。

イケメンの上に高身長で、しかも強いとか……勝てる要素なさ過ぎで笑える。

その後、習うより慣れろとばかりに、俺たちはすぐに魔物との実戦をさせられることとなった。

相手は危険度Eの魔物であるゴブリン。

緑色の肌をした人型生物だ。

体格は高学年の小学生くらいでしかなく、魔物の中でも最弱クラスの強さなので、戦闘系の天職ではない人間でも倒せるレベルだという。

しかもご丁寧に手を縛ってくれていたため、レベル1の俺たちでも簡単に殺すことができた。

最初こそその醜悪な外見と、人型の生き物を殺《あや》めることへの抵抗感からか、躊躇《ちゅうちょ》する生徒も多かったが、徐々に慣れていった。

俺もその一人だ。

死ねば灰と化すという点も、殺しに対する抵抗が早く薄れた要因だろうと思う。

「おっしゃ！　レベル2に上がったぜ！」

「俺も俺も！」

レベルアップしたという声がチラホラと聞こえてくる。

俺も四匹くらい倒したところでレベルが上がった。

手を縛っていてもちゃんと経験値が入ってくるんだな。

それにしても随分と大量のゴブリンを捕まえてきたものだ。そして大量殺戮《さつりく》。これが日本なら動物愛護団体が猛抗議しているかもしれない。

そんなこんなで初日の訓練を終えたわけだが――

現在、俺の目の前に楽園が広がっています。

「あんたさ、また胸が大きくなったんじゃないの？」

「ええっ、そんなことないよー」

「なーちゃんってスタイル良くて羨《うらや》ましい」

「ちょっ、ジロジロ見ないでってば」

若く瑞々《みずみず》しい裸体を惜しげもなく晒しながら、そんなやり取りを交わす女子生徒たち。

そう、お風呂である。

俺は今、〈隠蔽〉によって自らの姿を隠し、女風呂に入って堂々と覗《のぞ》きを敢行しているのだ。

ただし万一に備え、分身だ。

昨日の実験で分かった通り、ぶつかったりしたら〈隠蔽〉が解けてしまうからな。

分身はいつでも任意に消すことが可能なので、もし見つかっても即座に証拠隠滅できるのだ。

ついでに〈変装〉によって顔を女性のものにするという用意周到さ。

くくく、いつも俺を蔑んでやがる女子どもの裸を見放題だ。

乳首もおま○こも丸見え！　まさに夢の透明人間！

「佐倉先生～、どうやったら先生みたいに胸が大きくなるんですかぁ？」

「わ、わたしはそんなに大きくないわよ」

「うそだ～、どう見てもEはあるし」

そんな声に誘われて視線をやると、そこには確かに周囲の女子高生たちより一回り大きな胸をした佐倉がいた。水面にぷかりと浮かぶ二つの膨らみが、深い深い谷間を形作っている。

あれが佐倉の乳袋か……っ！

美人同僚の裸体に、俺の興奮は鰻《うなぎ》上りである。

しかし生徒たちから注目され、恥ずかしそうに胸を隠してしまった。

隠すなよ！　乳首見せろよ！

「先生先生、やっぱ彼氏に揉《も》んでもらってるの？」

「いいな～、先生の彼氏。こんな美人のおっぱい揉めてさー」

「な、何を言ってるのよっ。……ていうか、彼氏なんて、もう三年くらいはいないし……」

「えっ、いないの？　そんなに美人なのに？」

「じゃあさ、じゃあさ、好きな人とかは？」

「そう言えば、リオさんめっちゃカッコ良かったよね～」

何やら恋バナっぽい会話が繰り広げられているが、その内容にはあまり興味がない。

俺は右手で猛《たけ》りまくった息子を一心不乱に擦っていた。

同僚の美人教師や生徒の裸を堪能しながらのオナニーとか、マジで最高だ。

ヤバイ……出るっ！

湯船の中に俺の濃厚な白濁液をドバドバ注いでやった。

この湯に女子どもが浸かっているかと思うとさらに興奮する。

さすがに膣内に侵入して妊娠することはないだろうから安心しろよ。

……っと、そろそろ制限時間か。

次の瞬間、俺は本体と融合して自室へと戻っていた。

分身の記憶は本体に共有されるため、今の俺は射精直後の賢者モードである。

「しかしさっきは最高だと思ったが、生の裸を前にしてオナニーだけってのも結構な拷問かもしれん……」

有《あ》り体《てい》に言うと〝穴〟にぶち込みてぇ。……全然賢者じゃねーな。

「それはそうと、今の、四十分くらいは持ったか。ちょっとだけ長くなったな」

スキルというのは使えば使うほど、その効果が高まっていくものらしい。

それはちょうど今日教えてもらった内容でもあった。

勇者の訓練には実戦だけでなく座学もあるのだ。

常時発動していても困るようなものではないし、今後とも積極的に分身を生み出していくことにしよう。

第二章　イケメン兵士リオ（俺）

俺たちは翌日以降もゴブリンを殺しまくった。

最初は手を使えないようにしていたが、途中からは普通に戦った。それでも問題なく倒すことができたが。

「よし、では次はパーティ戦の訓練だ」

一対一でゴブリンを殺せるようになると、隊長のサイバルが告げた。

どうやら天職に応じて前衛と後衛に分かれ、パーティを組むらしい。

幸い「好きな人と組むように」などという、俺のような人間にとっては地獄の班分け法ではなく、トップダウンで分けてくれたのでありがたかった。

ちなみに俺は佐倉と同じパーティになった。

他は基本的に四人なのだが、俺たちは五人のパーティである。

……たぶん俺が戦力に数えられていないからだろうな。

「各パーティに一人ずつ教官をつける」

と、サイバル。

するとイケメン兵士のリオがやってきて、爽《さわ》やかに告げた。

「このパーティの担当は僕になりました。よろしくお願いします」

「リオさんっ……」

佐倉が慌《あわ》てて背筋をピンと伸ばす。前髪をさっと整えていた。

「さ、佐倉……いえ、美鈴と言います！　よろしくお願いします！」

「ミスズさんですね。このパーティでは、上級職のあなたにリーダーをしてもらおうと思っています。ぜひ一緒に頑張りましょう」

「はい！　頑張ります！」

おいおいおい。

生徒を危険に晒す気か、って言ってたのはどこの誰でしたっけ？

俺は半眼を向けるが、佐倉は頬を上気させながらじっとリオを見詰めていて、まったく気づく様子がない。

それからリオの指導の下《もと》、俺たちのパーティは集団戦闘について学んでいった。

時にはゴブリンの集団とも戦った。

そんなこんなで、一週間が経《た》ち——

「うん、いいですね。今のはとても良かったと思います」

「ありがとうございます、リオさん」

リオの指導と、彼のイケメン効果で奮闘する女性陣に牽引《けんいん》される形で、俺たちのパーティはあっという間にサイバルに「これなら外で実戦もできるな」というお墨付きを貰えるレベルになった。

それに比例するかのように、佐倉のリオを見る目はますます恋する乙女のそれと化していく。

そうした視線には慣れているのか、リオはまったく意に介していない様子だが。

訓練と並行して、俺はこっそり自分の《忍者》スキルを使いまくった。

お陰で分身を一時間近くも維持していられるようになったし、〈変装〉スキルはある程度なら身長や体型を変化させることまでできるようになった。

「女体化はまだ無理だけどな」

ある日、ふと俺の頭に天啓《てんけい》が降りてきた。

いや、むしろこれは悪魔の囁《ささや》きとでも言うべきかもしれない。

くくく……これはイケるぜ。


「リオさん」

その日の訓練が終わった後、俺はリオに声をかけた。

「？　どうされましたか、タケダさん？　もしかして何か分からないことでも？」

彼は性格までもがイケメンで、嫌な顔一つせず俺の話を聞いてくれようとしている。

まずは今日の訓練のことで気になったことを幾《いく》つか訊いた。

もちろんそれは別にどうでもよく、本題に入るための会話の糸口でしかない。

一通りの質問に答えてもらったところで、すかさず切り出した。

「それにしてもリオさんって、若いのに本当に凄いですね。教え方も上手《うま》いですし」

教師の俺よりよっぽど教師に向いていると思う。

……もう辞めるつもりだが。

「いえいえ、そんなことはないですよ」

謙遜するリオ。

「でもまだ二十歳くらいですよね？　見た限り近衛兵の中でも若い方かと」

「そうですね……。でも上級職の勇者の方には、たぶん数か月もあれば簡単に追い抜かれてしまうんじゃないでしょうか」

そのことにどんな感情を抱いているのか分からないが、少しだけいつもの爽やかな笑みが翳《かげ》った気がした。

まぁどうでもいいが。

「二十歳ってことは、もう結婚はされているんですか？」

「まだです。婚約者はいますが……」

異世界の結婚適齢期は地球より早そうなので、すでに結婚しているかと思っていたが、まだ独身なのか。

ただし婚約者はいると。

……これは良いことを聞いたぜ。

「そうですか。いや、変なこと訊いてしまってすいません」

「いえいえ。また何かあれば、遠慮なく訊いてください。では」

リオは最後までイケメンぶりを崩すことなく、去っていった。

そしてその夜のことである。

俺は佐倉の部屋の前に立っていた。

心臓がバクバクと鳴り響き、手が緊張で震える。

大丈夫だ。絶対に上手くいく。俺はそう自分に言い聞かせると、ドアをノックした。

少ししてドアがちょっとだけ開き、その隙間から佐倉の警戒した顔が覗く。

「……リオさん？」

一瞬にして警戒が表情から消えた。

「どうされたんですか？　こんな時間に……」

「ミスズさん。あなたに伝えたいことがあって……その、よろしければ少し中に入れてもらえませんか？」

「え……は、はい！　大丈夫です！」

唐突な提案に少し驚いた様子だったが、すぐに表情を輝かせて俺を招き入れてくれる。

よし、第一段階クリアだ。

俺のことを完全にリオだと思っている。

そう。俺は今、〈変装〉スキルによってリオに化けているのだ。

身長や体型も調整したため、かなりのクオリティだと自負している。

これこそが天啓の正体。

え？　それで何をするかって？

決まってんだろう？

「それで……えっと、伝えたいことというのは……？」

佐倉が恐る恐る訊いてくる。

少し緊張した様子なのは、決して警戒からではないだろう。

俺は言葉では答えず、最初から行動に出た。

「っ⁉」

佐倉を抱き締めたのだ。

「……り、リオさん……な、何を……？」

佐倉は振り払おうとはしない。その時点で、俺はこの後の行為も彼女は絶対に拒まないだろうと確信できた。

「実は……あなたのことが好きになってしまったんです」

「……リオ、さん…………嬉しい……。わたしも……あなたのことが好きです」

告白され、彼女もすぐに自分の気持ちを明らかにする。

でも残念、偽者でした！

そうとも知らない佐倉は、俺の唇をあっさりと受け入れた。

「ん……」

と、何とも色っぽい吐息が漏れ、俺の唇を痺《しび》れさせる。

やべぇ、俺、あの佐倉とキスしちまってるよ。

その感触や形を確かめるように、舌でゆっくりとなぞってみた。

すると彼女の方もスイッチが入ったのか、自ら舌を伸ばして俺のそれへと絡めてくる。

ちゅぱちゅぱぬちゃ……。

互いの舌が交わり、艶《なま》めかしい音が鳴る。

これが佐倉の唾液の味か……。

高嶺《たかね》の花過ぎて、絶対に手が届かなかっただろう美人の同僚。

その舌を堪能しているという事実に、俺の息子はすでに痛いくらいに猛っている。

唾液の糸を伸ばしながらいったん唇を離すと、俺は我慢できずに佐倉の服を脱がしにかかった。

彼女は抵抗しようとはしない。

簡単に下着姿になった。

このまま身体を許すつもりだ。

はっ、教師のくせになんて淫乱な女だよ。

内心で嘲笑《あざわら》いながらも、露《あら》わになった彼女の白くて柔らかそうな肌に思わず見入ってしまう。

透明人間になって潜入した浴場で何度か見てはいるが、それでもこの距離感で見たのは初めてだからな。

俺は彼女の豊かな乳房を支えていたブラを外した。

真っ白な双丘や、そのてっぺんに鎮座する桃色のそれを間近でじっくりと鑑賞する。

「あ、あまりジロジロと見ないでください……」

「……とても綺麗なので、つい……」

「そんな、綺麗、だなんて……」

頬を朱色に染めて恥ずかしがる佐倉は、大人の色気と処女めいた雰囲気が同居しているようで、見ていてとても滾《たぎ》らせてくれる。

俺は彼女の胸に触れた。

やっぱ大きい。もちろん柔らかい。それでいて、しっかりとした張りと弾力のある見事な乳房だ。

揉んだり撫でたり、あるいはその先端を指でくりくりと弄《もてあそ》んだりして、俺は美人教師の胸を楽しむ。

「……あっ……んぅ……」

と喘《あえ》ぐような声が、俺の興奮をさらに高めてくれる。

「乳首、硬くなってますよ」

「ダメ……言わないで……」

早くも勃起してしまった乳首に吸いついたり、舌でぺろぺろと舐め回したりしていく。

「濡れてますね」

「だ、だって……」

秘奥から流れ出た愛液が、彼女の純白のパンティを濡らしていた。

「見せてもらいますよ」

「っ！」

ベッドの上に佐倉を押し倒すと、その最後の一枚を取り去った。

薄布が封じていた愛液の匂いが、汗と混じって、むわり、と空気中に広がる。

佐倉は慌てて股を閉じようとしてきたが、それを許さず強引に開かせてやった。

すっかり濡れそぼってしまった綺麗な割れ目がそこにあった。

すげぇ……これが佐倉のま○こか。

浴場ではさすがに割れ目まで見ることはできなかったため、初めての謁見《えっけん》だ。

しかも足を開かせているため、膣口までばっちり確認できる。

気づくと俺は佐倉の陰部に思いっ切りむしゃぶりついていた。

「んぁっ……んっ……はっ……」

気持ちが良いのか、佐倉はイヤらしい喘ぎ声を上げながら身を捩《よ》じる。

時に舌で舐め上げ、時に愛液を啜《すす》るように吸いつき、俺は秘境を攻め立てた。

「はぁ、はぁ、はぁ……」

息を荒らげ、乱れた髪でベッドの上に倒れた同僚を見下ろしながら、俺もまた衣服を脱ぎ捨てる。

「……すごい……」

天を衝《つ》く勢いの俺の息子を前に、佐倉がうっとりとした顔で呟く。

ちなみにこれは自前だ。

自慢ではないが、俺は自分の身体の中でこの部位だけは人様より立派である自信があった。

「お願い……欲しいの……」

佐倉は熱に浮かされたような目で、そんなふうにオネダリしてくる。

このビッチめ。

普段はクールで真面目な女教師の仮面を被っているが、その実態は、まだ会って一週間しか経っていない男に身体を許し、その陰茎に突かれることを欲する変態女だったのだ。

今すぐこの淫乱女教師の中へ、俺の熱い肉棒を突き入れ、濃厚な体液をドバドバと注ぎ込んでやりたい。

しかし俺はぐっと堪《こら》えて、まずはその入り口に擦りつけるだけに留める。

「ああっ……お願いっ……早く、挿《い》れてっ……もう我慢できないっ……」

ますます愛液を溢れさせせながら嘆願する雌《めす》ビッチ。

そうして十分に焦《じ》らしておいてから、正常位の体勢で、ついに我が息子を彼女の内部へと押し込んでいった。

「んぁんっ……お、大きいっ……」

中はかなり狭くて引き締まっていた。

ビッチのくせに、どうやら恋人が何年もいないというのは本当だったらしい。

だが大量の愛液のお陰か、その割に簡単に奥までずぶずぶと入っていく。

これが……これが佐倉の膣内《なか》か……っ！

ついに憧れの美人教師を征服した感動と快感。それだけで俺は早くもイってしまいそうになったが、どうにか我慢する。

一方で、久しぶりに味わう男性の性器に我慢ができなかったのか、佐倉は自分から腰を振り始めた。

ぬちゃぬちゃと卑猥《ひわい》な音が鳴り、耐え難《がた》いほどの快楽が全身を駆け抜ける。

「はぁっ……んんっ……いいですっ……リオさんっ……」

佐倉はイケメン兵士の名を呼びながら、俺の背中に腕を回して抱きついてくる。

そのまま濃厚なディープキス。

あかん。こんなの耐えられるわけがないだろう。

「で、出るっ……」

「きてっ……」

いいのかよ、中に出しても。

もちろん俺としては拒むはずがない。

くくく、孕《はら》むなら孕め！

「いくぞっ……」

俺の息子がビクビクビクと痙攣《けいれん》し、大量の液体が佐倉の腹の奥へと射出される。

「あああああああっ！」

快感のあまり白目を剝《む》いた佐倉が、そんな嬌声《きょうせい》を轟かせた。

「……ミスズさん。今日のことは、僕たちの間だけの秘密にしておいてもらえませんか？」

佐倉との行為が終わった後、俺は神妙な顔でそう切り出した。

もちろんリオのイケメン顔である。

「は、はい。もちろんです……」

頬を赤く染めながら、佐倉は頷《うなず》く。

恐らく彼女としても少なからず罪悪感があるはずだ。

異世界に召喚された生徒たちが、これから危険な戦いに身を投じなければならない。

そんな状況で、男とこんな関係になっているなど、教師としてあるまじきことである。

「……実は、僕には婚約者がいるんです」

「えっ？」

佐倉は息を呑んだ。

俺はすかさず継ぎ句を繰り出す。

「だけど、それは親が勝手に決めた相手なんです……。好きでもなんでもない相手と、僕は貴族の政略のために結婚しなければならない」

婚約者がいるのは事実だが、それ以外は俺が勝手に考えた設定だ。

リオが本当はどう思っているかなんて知る由もない。

ただ、今日少し話をした感覚からして、恐らく婚約者とは上手くいっているだろうと予想しているが。あいつは性格もイケメンだしな。

「本当はいけないことだと分かっています……。だけど、僕はどうしてもこの気持ちを抑《おさ》えることができませんでした……」

「……リオ、さん……」

だから、と俺は続ける。

「今だけで構いません……今だけは、好きな人とこんなふうに愛し合うことができれば……」

こう言っておけば、また今後もヤれるだろう。

案の定、佐倉はこくりと頷いていた。

やはりもっとイケメンの精子が欲しいらしい。変態教師め。

「なので訓練のときも、できれば今まで通りの接し方でお願いできれば助かります」

「……分かりました」

これで本物のリオがこのことを知ることはまずない。

佐倉もまさか偽者と——しかも嫌悪しているはずの俺とセックスしているとは思いもよらないだろう。

くっくっく……完璧だ。

これからも俺は好きなだけこの女を抱くことができるのだ。

「……また明日、訓練のときにお会いしましょう」

そう告げて彼女の部屋を後にした俺は、かつてない満足感とともに自室へと戻ったのだった。

翌日、何事も無かったかのように俺は訓練に参加していた。

いや、さすがに昨日の今日だ。訓練中にもかかわらず、ついつい佐倉のことが気になって視線を向けてしまう。

そして昨晩の彼女のアヘ顔を思い出し、ニヤニヤしてしまうのだった。

やべっ、股間が……。

「危ない！」

「っ！」

誰かが警告する声にハッとして、俺は横合いから迫ってきていたゴブリンに気がつく。

今はゴブリンを相手にした集団戦の最中だった。

俺は最後尾で、ほとんどゴブリンが来ることなどないため油断していた。

咄嗟に剣を振り上げ、ゴブリンの棍棒《こんぼう》を受け止める。

少し前までゴブリンは素手だったが、それではもう訓練にならないからと、簡易な武器を持たせているのだ。

「ギギャッ!?」

ゴブリンの首が飛んだ。

「何で訓練中にぼーっとしてるのよっ？　死ぬ気なの？」

そう詰め寄ってきたのは佐倉である。

前衛の彼女が駆けつけ、背後からゴブリンを倒してくれたのだ。

「……ほんと、足手まといでしかないわ」

昨晩の女と本当に同一人物かと疑うほどの態度で、そう吐き捨てる佐倉。

いつもこんなふうにあからさまな嫌悪を示されると、少なからず落ち込んでいたのだが、今の俺にはまったく気にならなかった。

お前は昨晩、その大嫌いな男のチ○ポを咥《くわ》え込んでハァハァ喘いでやがったんだぜ？と、むしろ心の中で悦《えつ》に入ってしまう。

「ああ、悪かった。これからは気をつける」

「……？」

至って平然とした俺の反応に、佐倉は訝《いぶか》しげに眉根を寄せたのだった。


さて、そんな集団戦闘にも馴れてきた頃。

勇者たちがレベルアップする速度も、随分と鈍化してきていた。

さすがに最弱の魔物から手に入る経験値は少ないのだろう、レベル5を超えたあたりからなかなか上がらなくなってしまったのだ。

だがオークのような危険度の高い魔物は、そう簡単に捕まえてくるわけにはいかないようで、

「よし。そろそろ訓練を次の段階に移そう」

サイバルがそう提案してくる。

「次はどんなことをするんですか？」

と生徒の一人が質問すると、サイバルは簡潔にこう答えたのだった。

「ダンジョンに潜《もぐ》る」

◆　◆　◆　◆

ダンジョン〝セルゲウスの迷宮〟。

古《いにしえ》の大賢者セルゲウスが作ったとされる世界最大級のダンジョンで、その深さは地下百階層にも達するとか。

その日、俺たちは近衛兵たちに連れられて、都市の外へと出た。

今までも何度か王宮を出て街を見て回ったことはあるものの（ただし兵士の監視付き）、分厚い城壁に囲まれた都市から出るのは初めてのことである。

「ここだ」

そうしてやってきたのは、都市から少し離れた場所にある遺跡めいた建物。

石造りの外壁は蔦《つた》や苔《こけ》で覆い尽くされていて、随分と年季を感じさせる。

「ダンジョンか……」

「すげぇ、まさにファンタジーって感じだよな」

初めて挑むダンジョンを前に、生徒たちの多くは緊張というより興奮している様子。

誰しも一度はＲＰＧ系のゲームをやったことがあるのだろう。

「攻略難度としては世界最高クラスだが、下層に行くにつれて出現する魔物がなだらかに強くなっていくため、初心者にとっても格好の実戦場所となっている」

と、サイバルが説明してくれる。

そして俺たちはダンジョン内へと足を踏み入れた。

遺跡のような外観を裏切らず、中はいかにも地下迷路といった雰囲気をしていた。

壁も床も天井も石でできているようで、声や足音が反響する。

光源があるようには思えないのだが、不思議なことにちゃんと目が見えた。お陰で松明《たいまつ》などは必要ない。

とは言えそれほど明るくはないため、あまり遠くまでは見通すことができないが。

通路はそれなりに広くて、数人が並んで歩いても問題ない。

たださすがにこの人数が一塊《ひとかたまり》になって移動するには、少々窮屈なように思えた。

サイバルが言う。

「これからパーティごとに分かれて探索をしてもらう。もちろん兵士が同行するが、この階層ならば今の君たちならまず苦戦することはないだろう」

そんなわけで、いつものパーティに分かれることに。

同行の兵士はやはりリオだった。

「それでは僕たちはあちらに行きましょう」

あらかじめ探索のルートは決めておいたらしい。

それぞれのパーティが各々の方向へと進んでいく。

「隊長もおっしゃった通り、この階層に出現するのはゴブリンを初めとして、大半が危険度Eの魔物です。それにトラップもありませんので、とりあえずダンジョンの雰囲気に慣れるには持ってこいでしょう。ただし、油断はしないでください」

その言葉通り、俺たちはまるで苦戦しなかった。

現れるのはゴブリンの他、これまたファンタジーではお馴染《なじ》みのスライム、それからマッドバットという大きめのコウモリの魔物など。

いずれも雑魚《ざこ》だが……俺はまったく活躍できていなかった。

たまたま俺の方に飛んできたマッドバットを一匹倒しただけだ。

そもそも近接戦闘しかできない（ことになっている）というのに、後衛に配置されているので当たり前だが。

お陰でまったくと言っていいほど、俺だけレベルが上がらない。

実を言うと、ようやくレベル5になったばかり。たぶん、というか、確実に勇者たちの中で一番低いだろう。

だが俺には秘策があった。

魔物との戦闘中、皆の意識がそっちに向いている隙に〈分身〉スキルを使い、こっそり分身を生み出す。

「頼んだぞ」

「あいあいさー」

分身はすぐに〈隠蔽〉で姿を消すと、単身でダンジョンの奥へと入っていった。


というわけで、その生み出された分身が俺です。

何をするかと言うと、単身でのレベル上げ。

本体に統合される際、分身が獲得した経験値もまた本体に統合される。

ゆえに本体の代わりに、分身がガンガン経験値を稼いでやろうという画期的な方法だ。

「おっ、さっそく第一ゴブリンズの発見だ！」

俺は五匹のゴブリンの群れに突撃していく。

〈隠蔽〉で姿を隠しているため、相手はまだこちらに気づいていない。

「ギャ⁉」「グギャ⁉」

先制攻撃で二匹を瞬殺。

そこでようやくゴブリンたちが俺の存在に気づいたが、すかさずさらにもう一匹を仕留める。

力の差を悟ったのか、逃げようとした残る二匹も追撃して倒した。

「一人でも十分やれるな」

と、今ので俺は確信する。

普段は《農民》のフリをしているため実力を隠しているが、本気を出せばこの通りだ。

伊達《だて》に〈剣技〉と〈体術〉のスキルを所持していない。

それに何より〈隠蔽〉のお陰で先制攻撃ができるのが大きいな。

「よし、どんどん行くぞ」

制限時間があるので、のんびりしている暇はない。俺はさらに奥へ。

分身はいずれ消えるわけだし、迷ったところで平気だ。

ただしあまり本体と離れすぎると制限時間の減りが早くなるので、その辺は注意が必要だが。

◆　◆　◆　◆

ダンジョンでの実戦訓練がスタートしてから、一週間が経った。

勇者たちのレベルが大きく上がり、すでに皆10を超えている。

探索する階層も深くなっていて、現在は10階層以降に挑戦していた。

サイバルが言うには、階層と、その階層における探索適正レベルは、大よそイコールなのだとか。

「ぎゃははは！　お前、まだレベル8なのかよ！」

ダンジョンでの訓練を終え、王宮へと帰還する途中。

阿久津の笑い声が響く。

「てめぇなんか完全に足手まといだろ。大人しく農業でもしてればいいんじゃねぇか？」

もちろん嘲笑の対象は俺だ。

生徒たちのみならず、兵士たちからも白けたような視線が俺に集まってくる。

果たして、こんな男を勇者として育成する意味があるのか、といった表情だ。

実際、俺としてもなぜ未《いま》だに戦闘系天職の勇者たちと一緒に訓練をさせられているのか、甚《はなは》だ疑問である。

あの王女の冷たい視線を思い出すに、早々に失格者として除外されるだろうと思っていたのだが。

一応鍛えておいて、万一のときに肉壁か何かに使うのかもしれない。

まぁその辺は考えても仕方がないか。

ともかく分身を利用したレベル上げにより、実際の俺は周りより遥かに強くなっていた。

現在のレベルは19だ。

さらに、なんと同時に三体もの分身を生み出せるようになっている。

制限時間も伸びた。

三体合わせて二時間ほどだ。つまり一体しか出さなければ二時間だが、同時に三体出していると四十分くらい。

この二時間を消耗した後、再び出すまでのインターバルは変わらず三十分である。

分身だけでパーティを組ませることで、ずっと先の階層まで挑戦していた。

現在の最高到達階層は20階層だ。

一度ミスって分身が死んでしまったことがあったのだが、お陰でたとえ死んだところで、それまでに稼いでいた経験値はちゃんと本体に入ってくることも分かった。

加えて何のペナルティーもない。

なので強敵にも大胆に挑戦できる。

強い敵であればあるほど、倒したときに得られる経験値も大きくなるのだ。


——そろそろ十分だろう。

俺は現在、あることを実行に移そうとしていた。

〈分身〉スキルが強化されたことで、以前はできなかったことが可能になったのだ。

それは時間制限なしの分身を生み出すこと。

しかも、これまでのように本体から離れれば離れるほど、制限時間が早く消費されていくという心配もない。ずっと願っていた最高の分身だ。

だがこれには一つの制約があった。

それは分身を生み出す際、自分の経験値を分け与えなければならないということ。

つまり俺のレベルが下がってしまうのである。

とは言え、得られる利益を考えればそのくらい大したことではない。

俺は自分の経験値の半分を消費し、半永久の分身を作り出した。

「これでレベル14の俺が」

「二人になったたな」

瓜二つの冴えない顔を見合いながら、俺たちは今のステータスを確認する。

経験値を半分こしたので、当然ながらレベルは一緒だ。

ちなみにレベル自体が綺麗に半分になっていないのは、レベルが上がるほど次のレベルに到達するために必要な経験値の量が上がっていくからである。

この分身は今までと違い、〝死なない限りは〟これからずっと存在し続ける。

そういう意味では、分身というより分裂といった方がいいのかもしれない。

ただしどっちが本体で、どっちが分身なのかは互いにはっきりと理解している。

「俺が本体で」

「……俺が分身」

「つまり俺の方が偉い」

「てか、この口頭確認は必要なのか？」

おっと、そうだ。分かりやすいよう、今までの分身を〝一時分身〟、新たに生み出せるようになったこの分身を〝永続分身〟と呼ぶことにしよう。

本体の俺はこの城に残る。そしてこの永続分身は、これから——

「やることは分かってるよな？」

「ああ。まずはこの城を出る」

そう。これから永続分身の方はこの城を脱出する予定なのだ。

そして、この聖公国からも。

第三章　冒険者ハーレムを作ろう

俺は〈変装〉スキルを使った。

「どうだ？」

「おいおい、何だよこの美少年は……」

もう一人の俺――本体が、分身の俺を見て息を呑む。

俺は今、誰もがハッと振り向くような美少年へと変貌を遂げていた。

見た目の年齢は十七、八くらいといったところ。

モデルは何かの洋画で見たことのある十代のイケメン俳優だ。淡い金色の髪を長めに伸ばした、やや女性的な目鼻立ちの少年。人好きのする笑顔も魅力的で、母性本能を擽るタイプである。

背は俺よりも少し高いくらいで、身体は細身だが海外の俳優らしくしっかりと鍛えられていた。

「これからはこの姿で生きていくことにするぜ」

本体をこの城に残して、分身である俺はこれから王宮を、さらにはこの国を出る予定だった。

とは言え、さすがに同じ顔をした人間が二人いると予期せぬ問題が起こるかもしれない。

なのでこうして容姿を変えることにしたのである。

人々が寝静まる深夜。俺は静寂に包まれた城内を、息を殺して進んでいく。

これこそまさに本家本元の忍者って感じだな。

何度か見回りの兵や侍女をやり過ごす。

〈隠蔽〉スキルも以前より性能が上がっており、たとえぶつかったとしてもバレない。

こっそり女子のお尻を触ったりして確かめたので、間違いない。

なので大丈夫だとは思うが、それでも緊張で全身に汗を掻く。

なにせ城を勝手に抜け出そうとしているのだからな。

もし見つかったらどうなることか、考えたくもない。

永続分身の俺は、一時分身のように好きなときにドロンというわけにはいかないのだ。

やがてどうにか誰にも見つかることなく、城の外へ出ることができた。

しかしまだ気は抜けない。

このアルタール聖公国の首都――聖都と呼ばれている――の周りは高い城壁で囲まれていて、そこから外に出ることも容易ではないからだ。

訓練に利用しているダンジョンは聖都の外にあるのだが、いつもは近衛兵たちと一緒に城門を堂々と通っている。

だが今の俺はそれができない。

しかもこの街、恐らく入退場の検査がめちゃくちゃ厳しい。もちろん城門はすべて、常に厳重に警備されていた。

住民はアルタール聖教の敬虔《けいけん》な信者ばかりだと聞くし、閉鎖的で他国との交流もほとんどないようだしな。

結論から言うと、俺は無事に聖都から出ることに成功した。

忍者らしく、鉤縄《かぎなわ》を使って城壁をよじ登ったのである。

ただし聖都の外に出ても、そこからがまた大変だった。

そもそもこの世界の情報が皆無に近いため、どっちに行っていいのか見当がつかないのだ。

とりあえず俺は街道に沿って進むことにした。

……果たしてどれくらい歩いただろうか。

いつの間にか日が昇り、朝になっていた。

『おーい、生きてるかー？』

本体から通信がくる。

俺たちは離れていても頭の中で会話が可能なのだ。

「腹減った」

『ちょっと待ってろ』

〈アイテムボックス〉を通じて、俺は食糧を確保することができた。

非常にありがたいことに、お互いの〈アイテムボックス〉は繋《つな》がっているらしく、片方が入れたアイテムをもう片方が取り出すことが可能なのである。

お陰で水や食糧の心配がない。

『今朝の食事の余りだ』

「助かる……って、自分が嫌いな物ばかり寄こすな！」

『あ～、悪い。知らなかったわ～』

「お前が嫌いな食い物は俺も嫌いなんだよ！」

白々しい台詞に舌打ちしながらも、他に食べるものがないため仕方がない。俺はニンジンだらけのシチューを口に入れる。

『どうだ、そっちの様子は？』

「……まだたぶん聖公国内だろうな。何度か村っぽいのを見つけて分身を送り込んだが、どこもアルタール聖教の教会があったし」

『そうか。んじゃまぁ、せいぜい頑張れよ』

「くそ、他人事だと思いやがって……」

それからも俺はちょくちょく本体から施しを受けつつ、北へ北へと進んだ。


その都市に辿り着いたのは、聖都を出発して五日後のことだった。

都市の名はリンハット。

荘厳で粛々としていた聖都とは対照的に、乱雑で猥雑、しかし活気に溢れた町だった。

どうやらここはすでにアルタール聖公国内ではないらしい。

俺はウスラ王国という国へと辿《たど》り着いていた。

と言っても、この世界の文明はまだ中世ヨーロッパのレベル。

明確な国境線があるわけではなく、どこまでがアルタールでどこまでがウスラなのかは、かなり曖昧らしい。

途中、物々しい兵士たちに警備されている砦のようなものが幾つかあって、俺は大きく迂回《うかい》することを余儀なくされた。お陰で非常に険しい道のりだった。魔物も結構いたので、ちょっとレベルが上がった。

恐らく両国の仲はあまり良好ではないのだろう。

実際、リンハット内で情報を集めてみると、両国は今、戦争とまではいかずとも、国交がほぼ断絶された状態にあるという。

どうやら元々アルタール聖公国は、アルタール公爵というウスラの大貴族が治めるウスラ王国領の一つに過ぎなかったらしい。

それがほんの十数年前、唐突に独立を宣言。女神セラを主神と崇《あが》めるアルタール聖教を国教とし、聖公国と名乗るようになったという。

アルタール聖教自体は決して新しいものではないそうだ。

ウスラ王国は、基本的に複数の神々を信仰する多神教の国らしいが、特に現在の聖公国のある一帯では、その中でも女神セラを最高神とする教えが以前から浸透していたという。

「酒場とかで色々と訊いてみたが、聖公国内についての情報はあんまり得られなかったな。勇者を召喚したって話も誰も知らなかったし」

『なるほどな。まぁ国交がないのなら当然か』

俺はこの都市で得た情報を本体に報告していた。

「そっちの状況はどうだ？」

『相変わらずってところだな。昼はダンジョン、夜は佐倉とセックス。そんな毎日だ』

「ちっ、羨ましいな。だが見てろ。俺も必ず次の相手を見つけてやる」

ちなみにセルゲウスの迷宮は、かつて大勢の冒険者で賑《にぎ》わっていたらしい。

色んな国から挑戦者が訪れていたという。

だが今は聖公国が独占しており、この国の酒場で会った冒険者たちが不満を漏らしていた。

『とりあえず、今のところは一応まだ黒か白か分からないってことか』

「ああ。俺は引き続き、この都市で情報収集に努める。それと、やはり冒険者がよさそうだな。冒険者ギルドに所属していれば身分の証明にもなるし、自分で金を稼げばお前からいちいち食糧を貰わなくて済む」

『王宮の料理、それなりに美味《うま》いのに』

「お前が嫌いな食べ物ばっか寄こすからだろ！」

マジで性格悪《わり》ぃよ、こいつ。

親の顔が見てみたいぜ。

って、見たことありました。

そんなどうでもいい一人（？）ボケツッコミをしつつ、俺は冒険者ギルドへと向かう。

やっぱ異世界と言えば冒険者だ。　受付嬢が美人だったらいいな。

◆　◆　◆　◆

冒険者ギルドの受付嬢と言えば、ハーフエルフの美女と相場が決まっているものだが、残念ながら俺の登録を担当してくれたのは人間のおばちゃんだった。

しかし冒険者ギルドの仕組みは大よそテンプレ通りだった。

・成果に応じてランクが上がっていく。最低はE。最高はA。（一応Sランクもあるらしい）
・依頼も、その難易度に応じてEランクからAまで存在している。
・ギルドに加入すると、素材の買い取り価格が上がるなど、様々なサービスを受けられる。
・どの支部で登録しても、各国・各都市のギルドで依頼を受けることが可能。（ただし、冒険者ギルド協会に所属しているギルドのみ）
・禁止行為に抵触すると、ギルド証を剝奪《はくだつ》されることがある。

登録の際、鑑定具によるステータスの確認が必要だと言われたため、俺は〈隠蔽〉スキルで天職の《忍者》を《剣士》に書き換えた。

「戦闘系の天職ですか。Dランクからのスタートとなりますね」

どうやら戦闘系の天職を持っていれば、それだけで最低のEより一つ上のランクから始めることができるらしい。

訊いてみると、冒険者であっても、戦闘系の天職持ちはせいぜい半分くらいしかいないのだという。

しばらくして、できあがったギルド証を受け取った。

「無くさないようにお願いしますね、シノンさん。再発行には金貨一枚必要です」

……気をつけよう。金貨なんて今の俺ではとても支払えないからな。

ちなみに名前は「シノブ」のままというわけにはいかないので、「シノン」にした。

ちょっと捩《もじ》っただけだが。

差し当たっては今夜の宿代を確保しなければならない。

早速、適当な依頼を引き受けてみようと思い、俺は依頼が張り出されている掲示板の前へと移動した。

「ねぇねぇ、君、もしかして新人？」

しばらく眺めていると、後ろから声をかけられた。

振り返ると、今の俺より少しだけ年上っぽい女の子がいた。もちろん、本物の俺よりはずっと若いが。

たぶん冒険者だろう。

鎧を着ていて、腰には剣を提げている。

なかなかの美人だな。

髪型は栗色のショートカットで、猫を思わせる好奇心の強そうな瞳が印象的。

身長は百六十センチくらいだろうか。

冒険者だけあって肌は健康的に日焼けしていて、四肢はしっかりと引き締まっている。

そして胸が結構大きい。

「あたし、リノ」

「シノンと言います。おっしゃる通り、新人です」

「あははは っ、敬語使う冒険者なんて初めて見た！　もしかして高貴な出自？」

なんか笑われたぞ。

しかし、そうか。

聖公国の王宮だと敬語は当たり前だったが、ここは荒っぽい冒険者ギルドだ。

確かに敬語なんていうお堅いもの、使う奴は少なそうだ。

「いや、全然そんなことありませ――ないよ」

「ふーん。まぁ、深くは聞かないけどねっ。冒険者って、結構訳ありの人多いし！」

リノは気にした様子もなく朗らかに笑って、

「それよりさ、良かったらあたしたちのパーティと一緒に冒険してみない？」

「え？」

「つまり、スカウトってこと」

きっ、キターっ！

女の子の冒険者と仲良くなって――というのはまさに超テンプレ展開だが、まさかこんなに早く巡り合うなんて。

しかもこの子、クラスの女子どもと比べても、かなりレベルが高い。

独身の男であれば、誰もがお近づきになりたいと思うだろう。

だが……こんな美味い話があるだろうか？

「何で俺を？」

「だって君、戦闘系の天職持ちでしょ？　あ、実はさっき、ちょっと覗き見させてもらったんだ。ごめんねー」

悪びれもせずにテヘペロしてくるリノ。

可愛いから許します。

けど、今後は気をつけないとな。

まぁどのみち〈隠蔽〉済みのステータスだが。

それにしても、やはり戦闘系の天職というのはそれだけで価値が高いようだ。

どうやらリノは今、三人組のパーティに所属しているらしい。

他の仲間たちにも紹介したいからと、ギルドの二階へと連れて行かれた。

「ここの階にうちら専用の部屋があるんだよね」

「専用？」

「パーティランクがB以上になると貰えるの」

へー、そんなサービスがあるのか。

訊いてみると、リノが所属するパーティ〝戦乙女《いくさおとめ》〟は、パーティランクBで、この都市の冒険者ギルドではそれなりに名が知られた存在らしい。

ちなみにパーティランクBになるには、その構成員の最低三人以上がBランク以上という条件をクリアすればいいらしい。

つまり、リノのパーティは三人全員がランクBだというわけだ。

「この部屋だよ」

「お、お邪魔します」

部屋の大きさはだいたい教室の半分ほど。

部活動の部室よりは少し広いくらいだろうか。三人で使うのであれば、そんなに狭くはない――はずなのだが、

「ごめんねー、ちょっと散らかっててさ」

いや、これはちょっとというレベルじゃないと思うぞ？

……足の踏み場もないくらいの散らかりようだった。

散乱しているのは、剣や鎧、盾などの武器や防具に、治療薬や素材類。それからこの部屋で寝泊まりすることもあるのか、毛布や寝袋、枕なんかもあった。女の子っぽいぬいぐるみや小物。さらに、服や靴なども。

「ちょっと、レーシャ、こんなとこに脱ぎ捨てた下着、放置しとかないでよー」

そう言って、リノが足元に落ちていた女物のパンツを摘まみ上げる。

なかなか大人っぽい黒のレース柄だったが、その持ち主らしき人物は、小学生くらいの身長しかない小柄な女の子だった。

「……誰、それ？」

ぼそぼそっとしゃべりながら、レーシャと呼ばれた少女が寝転んでいたソファからおもむろに起き上がった。

青い髪のボブカットに、同色の瞳。顔はめちゃくちゃ小さい。ちょっと眠たげな目をしているものの、かなり可愛らしい顔立ちをしていた。

「新人冒険者のシノン君。うちに勧誘したの」

「ちょっと、リノ。いきなりこんな有様の部屋に連れて来ないでください」

部屋の奥の椅子に腰かけ、本を読んでいた女性が苦言を投げかけてくる。

スタイルの良い長身に、艶のある黒髪。細い眉と切れ長の瞳が理知的な印象を与え、アジア系の美女といった感じである。

「どうせすぐまた汚くなってバレるんだし、いいじゃん、アルア」

「汚くなることを前提にしないでください……」

戦乙女というパーティ名から予想はできていたが、どうやら三人とも女性らしい。

しかも漏れなく美人。

くくく、どうやら分身の俺にもツキが回ってきたようだぜ。

◆　◆　◆　◆

リンハットという都市で冒険者を始めた俺は、運よく美女ばかりのパーティに加入することができた。

「ギャウ⁉」

リノが放った矢が、身の丈二メートルを超す大型の猿の魔物——ジャイアントエイプの右足を貫いた。そして膝を折ったところへ、すかさずアルアが近づき、槍による刺突をその胸部に見舞う。

「はぁぁぁっ！」

「ギャアアアッ」

断末魔の悲鳴を上げ、ジャイアントエイプが崩れ落ちた。

その直後だった。魔物を倒したことによるこちらの安堵《あんど》と油断を突くような絶妙なタイミングで、鋭い牙を生やした別の猿の魔物——バイトエイプが三体、木の陰から飛び出してくる。

「——アイシクルエッジ」

しかしすかさずレーシャが氷魔法を発動。

無数の氷の礫《つぶて》がバイトエイプたちを襲い、傷つけ足止めする。

「おおおっ」

チャンスとばかりに、俺は突っ込んでいった。すでにほとんど瀕死状態のバイトエイプたちを、剣を振るって順番に仕留めていく。

「ふぅ……」

完全に絶命したのを確認して、俺は汗を拭《ぬぐ》った。

「すごいねっ、シノン君！　バイトエイプは危険度Cの魔物なのに！」

「いや、すでにレーシャの魔法でかなりダメージを負ってたからな」

パーティに誘ってくれたリノに褒められるが、俺は冷静に返した。実際、万全の状態のバイトエイプと戦ったら、一対一でも勝てないかもしれない。

「それにしても、シノンの成長は早いと思いますよ」

「ん。そのうちすぐにCランクになれそう」

「そ、そうかな……」

まぁ当然だろう。

元々ステータスの上昇がいい《忍者》という上級職であることに加えて、ダンジョンでやってたように、こっそり分身を作って経験値稼ぎをさせているからな。

聖公国の王宮を脱出したときはレベル14だったが、今はもう20まで上がっていた。

「あははっ、シノン君、顔、赤くなってる赤くなってる」

いやぁ！　可愛い女の子たちから褒められるって、こんなに嬉しいんですね！

……学校では絶対にありえないことだったからな。

三人ともBランク冒険者というだけあって、聖公国の近衛兵たちにも劣らない実力の持ち主だった。

当然、俺は彼女たちにとって足手まといでしかないわけなのだが……酷《ひど》い扱いをされるようなことはなく、それどころか駆け出しの俺のことをしっかり気遣《きづか》ってくれていた。

ちなみに三人とも天職持ちだ。上級職はいないが。

リノは《狩人》。アルアは《槍士》。そしてレーシャは《魔術師》である。

俺たちは現在、三泊四日の予定でリンハットから西に半日ほどかけて移動した先にある森へとやって来ていた。

エイプリゾート、なんて呼ばれていたりするのだが、その名の通り猿系の魔物が多数棲息している場所だった。

しかし猿だけあって魔物にしては知能が高く、なかなかイヤらしい攻撃をしてくるため、それなりに危険な森とされている。

「……大丈夫？　疲れたらいつでも言って？」

ロリっ娘《こ》のレーシャが俺を心配して声をかけてくれる。

「まだまだいけるぞ。ていうか、俺、基本的に弱った魔物にトドメを刺してるだけだし」

「うーん、でも、レーシャもかなり魔法を使ったし、今日はそろそろ上がった方がいいかも？」

「そうですね。無理は禁物です」

リノが提案し、アルアがそれに同意を示す。

というわけで、その日の狩りは終了となった。

リンハットまで戻るのは大変なので、森の外でキャンプである。

不思議なことに、森の外であれば猿たちに襲われることはめったにないらしい。

もっとも、他の魔物も出るため、魔物の嫌うにおい袋などを使う必要があるが。

俺が〈アイテムボックス〉からテントを出すと、

「噂には聞いていましたが、てっきり眉唾《まゆつば》物とばかり思っていました」

「ほんとに便利だよねー、その力」

「お陰で移動がすごく楽」

秘密にしておくべきか迷ったのだが、テントの持ち運びの大変さに耐えかね、俺は〈アイテムボックス〉のことを彼女たちに伝えていた。

当然ながらかなり驚かれたが、幸いにも勇者だけでなく、ごく稀《まれ》にだがこの能力を有している人がいるらしい。

しかし容量の制限もあるため、テントは一つだけ。

いや、実際にはもっと沢山入るんだけど……分かるだろ？

テントが一つしかないなら、皆で同じテントに寝るしかないよね！

俺としてはドキドキだったのだが、どうやら冒険者の間では男女が一つのテントで寝ることなど別に珍しいことでもなんでもないらしい。

四人で並んで普通に寝ることになった。

……だが、

ね、眠れねぇ……。

ほとんど密着するような距離で、可愛い女の子たちが寝ているのだ。

しかも女性特有の甘ったるいにおいがテント内に充満していて、もんもんとしてしまうのも当然だろう。

……発散するしかない。

俺は息を潜《ひそ》めながら、静かに下腹部に手を伸ばす。息子はもうすでにギンギンのビンビンだ。

それをぎゅっと握り締め、腕を上下に動か――――がしっ。

「っ⁉」

突然、その手を掴まれたのでめちゃくちゃびっくりした。

「もしかして、我慢できなくなっちゃった？」

俺の手を掴んだ張本人は、隣で寝息を立てていたはずのリノだった。

てか、嘘寝だったのかよ。

悪戯《いたずら》っぽい笑みを浮かべ、彼女は俺の顔を覗き込んでくる。

さらにはいきなり密着してきて、

「あは、あたしも我慢できなくなっちゃった」

いつもの無邪気さに、色っぽさを乗せた声でそんなことを言ってくる。

それからリノは、互いの唇が当たってしまいそうなほどの至近距離で囁くように訊いてきた。

「ねぇ、何で君をパーティに誘ったと思う？」

「い、いや……」

「顔が好みだったから」

「マジかい」

物凄く明け透けな答えだった。

けど、あり得ない話だ。俺はこの顔だ。

今まで一度もカッコいいと言われたことなんてないし、誰かに告白されたこともない。

と、そこまで考えて俺はハッとした。

今の俺、〈変装〉スキルのお陰でイケメンなんだった!

イケメンってすげー。

顔だけで女から寄ってきてくれるのかよ。マジで爆《は》ぜればいいのに。

って、今は俺だ。

「しよ?」

「……ここで?」

隣で二人寝てるんですけど?

「大丈夫」

彼女が大丈夫だというなら大丈夫なのだろう。たぶん。きっと。

ここで断るはずがない。

リノは積極的だった。自分からキスをしてきたかと思うと、すぐに我慢できなくなったように舌を使い始める。

俺もそれに応じて、舌と舌をねっとりと絡ませ合った。

狭いテントに、スケベな水音と荒い呼吸音が響く。

最初は二人を起こさないようできるだけ静かにしようと思っていたが、あっという間にそんな考えは頭から飛んだ。

そもそもリノの方は端《はた》からまったく遠慮なく音を出しているし。

ていうか、こんな状況でセックスとか、マジで興奮する。

ＡＶでは定番の展開かもしれないが、リアルだと普通はできないもんな。

「脱いじゃお」

リノに促《うなが》され、俺たちは一緒に服を脱ぎ捨てる。

綺麗に焼けた肌を大胆に曝《さら》け出した彼女は、下着も外して豊満な胸を誇らしげに俺の眼前へと差し出してきた。

揉むしかない。

「んっ……あっ……」

遠慮なく揉みしだくと、リノは色っぽい吐息を漏らして表情を蕩《とろ》けさせる。

正面からだけでなく、後ろに回ってさらに揉み続ける。

同時に彼女の耳やうなじの辺りに舌を這《は》わせ、微かに汗ばんだ肌を味わった。

やがて下の方へも手を伸ばすと、繁みを掻き分けて、彼女の最も敏感なところを愛撫する。

するとどんどん分泌液が出てきて、クチュクチュといやらしい音が響き始めた。

「濡れやすいんだな」

「あたし……人一倍感じやすいの」

指を顔の前に持ってきてみると、愛液でべとべとになっていた。

思わずぺろりと舐めてしまう。

「んふ。今度はあたしが気持ちよくしたげる」

しばらく愛撫を続け、やがて攻守交代。

「すごーい。こんなにおっきくなってる」

リノは俺の股間の逸物《いちもつ》を弄びながら言う。

そして豊かな胸で挟み込んできた。

至高のパイズリに、俺の全身に電撃めいた快感が走る。

「んっ……れろれろ……ふふ、エッチな汁が出てきてる」

さらに彼女は舌も使い始めた。

柔肉《やわにく》による極上の締めつけに加え、先端部を襲う別種の快楽。

やり慣れているのか、リノの攻め方は途轍《とてつ》もなく上手い。

「や、やべぇ……で、出るっ……」

あまりの気持ちのよさに、あっという間に射精しそうになってしまう。

「だーめ。まだイっちゃだめだよ？」

だがその寸前を見極め、リノは手を止めた。

ふー、ふー、と荒く息を吐きながら、俺はどうにか我慢する。

「本番はこっからなんだから」

言いながら、リノは俺の上に股を広げるように跨《また》がった。そのポーズが物凄くエロい。

「ねぇ、挿れるよ？」

はい。ぜひ。


リノはゆっくりと腰を下ろしていく。やがて性器と性器がゆっくりと触れ合う。

入り口のところで少し焦らすように時間を使ってから、リノはぐっと自分の中へと押し込んでいった。

ずぶり、と簡単に奥まで入り込む。

中はすでにぐちょぐちょになっていて、俺の息子へと絡みついてくる。

「あっ……いいっ！　すごいっ！　シノン君のっ……おっきくて、すごい……っ！　もっと……もっと奥を突いてぇぇぇ……っ！」

リノは自分でガンガン腰を振るい、恍惚の表情で叫ぶ。

こ、声がでかい……！

もはや寝ている二人のことなど気にせず、リノはただただ俺とのセックスに没頭していた。

その結果、

「……リノ。うるさい」

レーシャが起きてしまった。

「まったく、こんな夜中に」

自分が寝ているすぐ横で、パーティメンバーの男女が声を上げてセックスしているなど、どう考えても憤激モノだ。

なのに、

「わたしもやる」

なんか普通に参戦を表明してきたんだが……。

そして自らも服を脱ぎ始めるレーシャ。

「んっ……あっ……いいよっ……レーシャもっ……一緒に気持ちよくなろっ……」

そしてリノが喘ぎながらＯＫを出す。

えっ？　いいの？

俺が戸惑っていると、レーシャは下着まで外して幼女体型の裸体を晒す。

け、毛が生えてないだと……!?

三人とも十九歳だと聞いていて、リノやアルアはほぼ年齢通りの見た目だが、レーシャは小学生くらいにしか見えない。

それでもさすがにアソコの毛は年相応かと思っていたのだが、まったくそんなことはなかったようだ。

合法！　合法ロリだ！

もちろん真っ平らな胸は標準装備である。

そんなロリっ娘が、俺の腰の上で悶《もだ》えているリノと向かい合うような形で、俺の頭の上に跨ってきた。

そのままつるっつるのおま○こを俺の顔面に押しつけてくる。

「舐めて」

ドS！　こんな見た目なのに、ドSだよこの子！

だがそれがいい！　もうそのまま放尿してもらいたいレベル！

俺は舌を蠢《うごめ》かし、ご所望通りにレーシャの秘部をぺろぺろしまくった。

「リノ、えっちな顔してる」

「あんっ……れ、れーしゃぁ……きしゅ……きすぅ、しよぉ……」

「分かった。……ん」

俺の上にいる二人が指を絡め合い、そして唇を重ね合った。

さらにレーシャはリノの胸を揉み始め、リノの膣内がさらにぐしょぐしょになっていく。

てかこれ、よく考えたら3Pじゃねーか！

一度でいいからやってみたかったんだよなぁ。

ソープランドで二輪車をやろうとしたことがあったが、金が一気に倍飛んでいくという恐怖に耐えられず、なかなか実行できずにいたのだ。

それが今、異世界で、しかもタダで、こんな美少女たちとやれているなんて……！

最高です。

と、そのときだった。

「まったく……まだ遠征初日なのにもう我慢できなくなったのですか……」

アルアの溜息が聞こえてくる。彼女まで起きてしまったらしい。

しかしその口調からするに、怒っている様子はない。

単に呆《あき》れ返っているという感じだ。

「はぁ、これでは私も眠れませんね」

アルアは立ち上がる。

俺たちが終わるまでテントの外に退避するつもりなのだろう。

俺が申し訳ないなと思っていると、なぜか彼女までもが服を脱ぎ始めた。

「私もやります」

お前もやるんかい！

つい心の中でツッコみを入れてしまう。

彼女は黒髪の知的美人で、例えば学校の生徒会長みたいな真面目で清楚なタイプかと思っていたのだが……。

衣擦《きぬず》れの音とともに身につけていた服が落ち、その白磁《はくじ》のような肌が露わになる。

背の高い彼女は手足がすらりと長く、まるでモデルのような体型だ。

胸の大きさは普通より少し小さいくらいだが、それが清純そうな印象を裏切らずとてもいい。

彼女は何を思ったか、俺のお尻の方へ回り、

「では私はここを攻めましょうか」

「〜〜〜っ⁉」

なんと俺の肛門を舌で舐め始めたのだ。

「れろ……んろっ……ふふ、ひくひくしてなかなか可愛いですね」

こ、こんな美女が……！

異世界だけどアジアンビューティーという言葉が相応しい知的美人が……！

まさか俺の汚い尻穴をその貴いお舌でお舐めくださるなんて……⁉

つい言語がおかしくなってしまうくらいの衝撃だった。

しかも寝転がっている俺の尻を舐めるには必然的に、四つん這いにならなければならない。

そんな姿、絶対に拝まずにはいられない。

生憎《あいにく》とこの格好では見えないので、俺は〈分身〉スキルで一時分身を生み出した。

〈隠蔽〉で姿を隠したもう一人の俺に、彼女の姿を目に焼きつけておいてもらおう。

それにしても舌遣いが見事だ。

めちゃくちゃ気持ちがいい……！

やばい！　気づいたら４Ｐになってる！

さっき最高と言ったな？　あれは間違いだ！

これこそが最高！　いや究極！　夢のハーレムセックス！

ドビュビビュビビュビュッ!!

もはや限界だった。

俺はリノの膣内に盛大に発射してしまう。

「あああああああっ！　くりゅうっ……はいって、くりゅう……っ！　しのん君のおち○ぽみりゅく、あたしの中にどばどば注ぎこみゃれてるのおおおおっ！」

身を仰《の》け反らせ、口から舌を突き出しながら、リノが絶叫する。

そうしてさっきまでの激しい動きが嘘のように、彼女はレーシャの方へとぐったりと倒れ込んだ。

「あひゅ……しゃいこう……」

一方、俺もまた今のですべてを使い果たしてしまった。

息を荒くし、真っ白になった頭で快楽の余韻を楽しむ。

今ならぐっすり眠れそうだ。このまま夢の世界に——

だがそれを彼女たちが許してくれなかった。

「ダメ。まだ始まったばかり」

リノが強引に俺の身体を引き起こした。

アルアもまた、果ててしまったレーシャを脇に移動させながら言う。

「レーシャの言う通りです。リノだけでなく、私たちもしっかり満足させてくれるまで寝させはしません」

……今夜は眠れそうにないぜ。

翌日、俺たちは随分と遅い時間に目が覚めた。

朝方まで全力で絡み合い、そのまま気を失うようにして眠ってしまったため、起きたときは四人ともあられもない姿で転がっていた。

狭いテント内には、汗と愛液の混じり合った残り香が充満していて、爽やかさとはまったく無縁の朝である。だがそれがいい。

「うわ、シノン君のでかぴかぴになってるぅ」

「私は髪に付着してしまったようです」

「水、使う？」

《魔術師》のレーシャが魔法で桶《おけ》に水を注ぎ入れ、絞ったタオルで身体を綺麗に拭いていく。

俺が傍《そば》に居ようと、もはや彼女たちは裸体を隠そうともしない。

「ちなみに、リノとレーシャ、どちらが先だったのですか？」

「あたしー」

「では、リノの負けですね」

「……負け？」

リノとアルアのやり取りに、俺は首を傾げる。

レーシャが教えてくれた。

「誰が最初に我慢できなくなるか、勝負してた」

「勝負？」

体育会系の女は肉食だとよく聞くが、常に生死を賭けた危険な戦いをしている冒険者の女性たちは、それ以上に性欲が強いらしい。

それでこの三人、男の冒険者を見繕《みつくろ》ってきては、溜まったものを発散しているのだという。

だがBランク冒険者である彼女たちが相手だと、大抵の男はすぐに音《ね》を上げてしまい、パーティを辞めていってしまうらしい。

確かに昨晩のアレが何日も続いたら身が持たないよな……。

なので、今回はできる限り制限しよう……ということで、最初に我慢できなくなったら負け——後の二人に高級スイーツを奢《おご》る——という勝負をしていたそうだ。

……なんだよこいつら、クソビッチじゃねぇかよ。

ありがとうございます！

「でもシノン君だったら耐えられそうじゃん？」

「そうですね。最後の最後までしっかり腰を振って下さいましたし」

「アレが大きいのもグッド」

どうやらお気に召したらしい。

た、耐えられるのか……？

まぁでも、一時分身を使うっていう手もあるしな、うん。

第四章　転移トラップ

永続分身を送り出してから一週間以上が経っていた。

どうやら無事に聖公国を脱出し、ウスラ王国と呼ばれる国に入ったという。

今はリンハットと呼ばれる都市で冒険者を始めたようだ。

シノンと名乗り始めたらしいので、今後はそう呼ぶことにしようか。

……いや、これからさらに分身が増えたときに分かりやすいよう、1号と呼んだ方がいいか。

その一方で、俺は相変わらず生徒たちと一緒に〝セルゲウスの迷宮〟での訓練を続けていた。

つい昨日、初めて20階層へと到達したばかりだ。

一日では十分な時間が取れないことから、今後はダンジョン内でキャンプをするようになるそうだ。

俺はというと、〈分身〉スキルの性能がさらに上がって、一時分身を同時に五体も生み出せるようになった。

しかも五体同時に作り出していても、一時間は維持できる。

お陰でさらに経験値稼ぎが捗《はかど》り、今ではレベル28まで到達していた。

ちなみに俺以外の勇者の最高レベルは21。

平均するとたぶん18くらいだろうな。

俺の場合いったん分身を生み出して経験値を分割したというのに、ここまで差がついてしまった。

《忍者》ってマジで最強なんじゃねぇの？

加えて、だ。

これは最近になって分かったことなのだが、経験値こそ俺と永続分身の1号は独立しているが、スキルについては完全に共有しているらしい。

そしてスキルを使用して得られる熟練値的なものは、どちら側からでも入るようだ。

すなわち俺たちのスキルは、それだけでも通常の倍のペースで成長していくということ。

「すげぇな〈分身〉スキル。チート過ぎだろ」

互いの記憶を共有することもできるし。

俺は1号がパーティメンバーたちと毎晩のようにやっている4Pを、好きなときに思い出すことが可能なのだ。

それにしても、さすがはイケメン……あんなに簡単に美女パーティに加入するなんて……。

しかも男一人だし、最高のハーレムじゃん。

「てか、1号、お前もうレベル26まで上がったのか？」

『ああ』

Bランク冒険者のパーティに入っているだけあって、それなりに強い魔物と戦っているからだろう。毎日のようにダンジョンに潜っている俺と、ほとんど大差ないスピードでレベルが上がっていた。

なお、冒険者のランクとレベルは大よそ次のような関係になっているとか。

Eランク冒険者：レベル10
Dランク冒険者：レベル20
Cランク冒険者：レベル30
Bランク冒険者：レベル40
Aランク冒険者：レベル50

ただし当然ながら、ステータスの値は天職によって違う。

戦闘系と非戦闘系はもちろんのこと、成長率のいい上級職とそれ以外とでも、大きな差が出てしまうのだ。

《忍者》である俺たちは今のレベルであっても、並みの戦闘系職業のレベル30を凌駕しているほどだった。

余談だが、近衛兵たちはレベル40前後――つまりBランク冒険者相当の実力があるらしい。

そして隊長のサイバルはAランク以上だとか。

さて、ここまでレベルが上がったし、もっと永続分身を増やすかな。

永続分身は経験値を分割するため一時的には苦労するが、非常に効率が良いということが分かったからな。

これからも積極的に永続分身を作っていくことにしたのだ。

「っと、ちょっと待て。ここで分身を作ったら、またわざわざ面倒な脱出をさせないといけないか」

ふとそのことに思い当たり、俺は考え直した。

「1号、そっちで永続分身を生み出すぞ」

『いいけど、それで減った分、幾らか経験値を寄こせよ？』

俺と1号の経験値はそれぞれ独立しているが、経験値の授受は自由だった。

『よし、作ったぞ』

1号が新たな永続分身を生み出したようだ。

俺はその新しい分身――2号に命じる。

「本体の俺が安全で自由に暮らせる環境を作ってくれ」

相手は俺とまったく同じ思考や記憶を持つ分身。それだけで話は通じる。

『へーい』

返事にはまったくやる気が感じられないが……まぁ、任せておけば大丈夫だろう。

2号は初期状態としてレベル18で生み出した。

Dランク冒険者相当の実力があるので、簡単に死んだりはしないはずだ。

1号に経験値の一部を渡して調整すると、俺のレベルは22まで下がった。

すぐに取り戻せるし、問題はない。

そんなふうに確実に力を蓄えていく一方で、日に日に俺に対する周囲からの風当たりは強くなりつつあった。

教師だというのに、佐倉はそうした生徒たちの様子など意に介さない。

むしろ黙認しているほどだ。酷いビッチ教師だぜ、ほんと。

もちろん毎晩のように俺のチ○ポ咥え込んで喘いでいるんだけどどな。

最近は色々な集団戦に対応できるようにするために、時々パーティメンバーをシャッフルさせていることも状況に拍車をかけていた。

俺と同じパーティになった生徒たちが、露骨に嫌悪感を示し、

「あいつ今日、俺が狙ってたホーンボアを横取りしやがったんだぜ」

「マジかよ。魔物倒しても大して成長できねぇ《農民》のくせに、なに出しゃばってんだか」

「つーか、あいつに剣なんていらねーよな。《農民》には鍬《くわ》がお似合いだろ」

まさに針の筵《むしろ》といったところだ。

毎晩のセックスがなければ耐えられなかったかもしれない。

さらに追い打ちをかけるかのように、現在、俺は阿久津、田村、山本、井上という地獄の四人とパーティを組んでいた。

『（1号）うわ、それは最悪なパーティだな』

『だろ？　クズばっかりでマジ死にそうなんだが』

『（1号）一方、俺は美女三人とイチャイチャしてます』

「爆ぜろリア充」

おっと、つい口に出して呟いてしまった。

「独り言？　キモッ」

どうやら聞かれてしまったらしく、パーティメンバーの一人である田村がそう吐き捨てた。

素朴な苗字だが、いわゆるギャル系の女で、顔がケバイ。

女子の中ではリーダー的な存在なので、彼女が俺に対する不快感を隠しもしないことが、俺の女子人気を下げる一因になっている気がする。

ちなみに彼女の天職は《魔術師》だ。

「そりゃキモイに決まってんだろ。だって武田なんだからな」

「ぶはっ、言えてるっす」

そう嘲弄《ちょうろう》するのは阿久津と山本だ。

阿久津についてはもはや説明の必要はないかと思うが、山本の方もその腰巾着《こしぎんちゃく》だと言えばそれで事足りるだろう。なお、天職は《重装士》。

「せめて、言われたことくらいはちゃんとやってくれません？」

さらに《治癒術師》の井上からも苦言を呈される。

こっちは田村の真逆で、クラス委員長。

委員長らしく真面目……というか、打算的と言っていいかもしれない。

自分にとってプラスになると思った相手には優しく、そうでない相手には厳しい。

俺はもちろん後者（泣）。

つまり相手によって取る態度が大きく変わるため、顔はそこそこ美人なのだが、クラスメイトたちからの好感度は低かった。

要するに俺は今、1号が言う通り、最も嫌な連中とパーティを組んでいるのだった。

酷過ぎる……。

ところで現在地は〝セルゲウスの迷宮〟の23階層。

近衛兵の同伴の下、25階層を目指して進んでいるところだ。

出現するのは危険度Dの魔物ばかりなので、もはや《農民》では苦しい階層である。

それゆえか、阿久津たちは完全に俺をハブり、四人だけで魔物を倒していた。同伴の近衛兵も承知しているので、もはや何も言わない。

俺は俺で分身を使ってレベル上げしているので別にいいのだが。

やがて少し休憩に入ったところで、唐突に田村が口を開いた。

「つかさー、あーし前から気になってたんだけどさー」

イラッとするしゃべり方で、彼女はせせら笑いを浮かべながら言う。その視線が俺を向いていることから、また何か悪口でも言われるのかと察する。

「地味子っていっつも武田のこと見てるっしょ」

……はい？

誰だ、地味子って。

「図書委員の……あー、なんつったっけ？　地味過ぎて名前忘れたしぃ～」

ああ、あいつのことか……。

図書委員と言われて、田村が指している生徒が誰なのか分かった。

黒髪三つ編み眼鏡という図書委員版三種の神器《じんぎ》を兼ね備えた、ザ・図書委員といった感じの地味な女。

いつも教室内で一人でいて、友達と話をしているところを見たことがない。

えーっと、何て言ったっけな？

名前は……あ、そうそう、臼井《うすい》だ。影が薄いだけに。

で、その臼井が俺をいつも見てるって？

「あいつガチで武田のことが好きっしょ。ぶふっ、地味眼鏡が恋とか、マジでウケルし！　しかも相手がこいつって！　まーでも、キモい者同士、超お似合いじゃん！」

何が面白いのか、田村はケタケタと笑う。

「ひははは、マジっすか！　教師とＪＫの禁断の愛？　キャスト酷過ぎっすよ！」

山本も腹を抱えて笑い出した。

一方、こういうネタに最も食いつくだろう阿久津は、なぜか不機嫌そうに、

「それ、本当なのか？」

「間違いないって。こっち来てからもずっとこっそり見てるしさ～。よかったじゃん、武田。あん

た、頑張ればＪＫとヤれるって。きゃははは！」

おいおい、臼井が俺のことが好き？

教師の端くれとは言え（辞めるけど）、俺だって性欲盛んな男だ。

ＪＫとヤりたいって願望がないはずがない。

ぶっちゃけ今まで一度も処女とセックスしたことないしな。

けどな、相手があの臼井？

ないわー。マジでない。

あれは女子の中でも下の下。

俺にだって選ぶ権利はあるっつーの。

◆　◆　◆　◆

「この短期間で、よくここまで成長したと思う」

王宮内の一室に集められた俺たちの前に立ち、近衛隊隊長のサイバルが言った。

「そこで次の遠征ではさらなる訓練として、君たちだけでダンジョンに挑んでもらおうと考えている」

その言葉に生徒たちがざわめいた。

今までは、必ずＢランク冒険者に相当する実力を持つ近衛兵たちが、安全のために同伴していたのだ。

プロである彼らがいるからこそ、元々実戦経験など皆無だったただの高校生たちが、危険なダンジョンで怖れることなく魔物と戦うことができていたのである。

彼らの同行がなくなるということは、すなわち命綱を外すことに等しい。

「なに、心配するな。目標は今まで何度も行っている20階層だ。今の君たちの実力であれば、十分に踏破《とうは》することができる」

それを聞いて、生徒たちは安堵の息を吐く。

20階層の要求レベルは20だ。

大半の生徒がそれを大きく超えており、安全マージンとしては十分だろう。

むしろもっと先まで行けるぞと主張する生徒もいるほどだった。

なので22階層までであれば、様子を見つつ進んでも構わないという許可も出た。

「ちょっといいですかー？」

そのときいきなり手を上げたのは、俺たちのパーティの田村（ギャル女）だった。

「別に20階層くらい、全然イケルと思うんですけどー。……できれば、足手まといを置いていきたいんだけど、ダメですか～？」

いかにも軽い口調とは裏腹に、言ってることはなんともシビアなものだった。

誰だか知らないけど、可哀想に……。

俺だったら絶対心折れるわー。

「その足手まといというのは？」

「言わなくても分かるっしょ？」

「……そうだな」

サイバルの視線が俺へと向いた。

うん、分かってたけど、やっぱ俺だわ。

サイバルは少し迷うように沈黙を挟んでから、

「……正直なことを言えば、最初からタケダ殿については勇者の戦力としては考えていない。非戦闘系の天職であった時点で、どんなに訓練を積もうと、勇者として求められる水準には届かないからだ」

うおっと。めっちゃ正直に言いましたね。

「ではなぜ常にパーティに加えていたかと言うと、場合によっては君たちが、自分より弱い人間を護《まも》りながら戦わなければならない状況があるかもしれないからだ。例えば戦場で、負傷した兵士を庇《かば》いつつ離脱することを求められるかもしれない」

あー、なるほど。

そういうケースを想定して、あえて足手まとい役として入れてたってことね。

「だが、確かにこれからの訓練においては、さすがに重荷になり過ぎるのではないかとの意見も出ていた。タケダ殿には悪いが、彼女の言う通り、この辺りでパーティから外れてもらうべきかもしれぬ」

まぁそれならそれでいいんだけどね。

ただ……お役御免になった俺が、これからどんな扱いを受けるのかが心配だ。

処分されたりしないよな？

もちろんその前に逃げるけど。

そうして俺の戦線離脱が決定しかけたとき――

「あ、あの……っ！」

突然、声を上げた生徒がいた。

誰もが目を丸くし、驚く。

なぜなら、こういう場で声を発することなどまずあり得ない人物だったからだ。

黒髪三つ編み眼鏡のザ・図書委員、地味子である。

いや、臼井だ。

「……た、田村さんたちのパーティが……その、難しいなら……」

彼女は極度に緊張した様子で、弱々しい声を振り絞りながら提案した。

「わ、わたしたちのパーティに……は、入っていただく、というのは……ど、どうでしょうかっ……？」

「はぁ？　なに言ってんだ？」

「勝手に決めんじゃねーよ」

「っ……」

パーティを組んでいる連中から猛反対を受け、臼井はあっさり孤立無援に。

「と、いうことだ。残念だが、やはりタケダ殿には離脱してもらおう」

「……」

臼井は顔を俯《うつむ》け、そのまま黙り込んでしまった。

いや何がしたかったんだよ……。

「まぁ、仕方ないですね。俺はこの世界のために頑張りたかったんですけど……」

俺は表面上殊勝な顔をしつつ、状況を受け入れる意思を示す。

「そうか、すまない。王女殿下には私から話をしておこう。これからのことは、いずれ殿下からお話があるだろう」

マジで処分されたりして。

さすがに俺がいなくなるとクラスの連中も不審に思うだろうし、何かあるとしたら恐らく魔族との戦いが始まってからだろうけどな。

そしてその場はお開きになり、俺たちはそれぞれの部屋へと戻っていった。


その夜のことだった。

俺がそろそろ寝ようかと思っていたとき、不意に部屋の扉をノックする音がした。

誰だ、こんな時間に？

俺は不思議に思いつつ、扉越しに声をかける。

「誰だ？」

「あ、あの……わ、わたし……です……」

わたしって誰だよ。オレオレ詐欺かよ。

何となく察しはついていたが、出てみると思った通り、臼井だった。

「何か用か？」

「……は、はい……」

俯きがちにもじもじしながら、臼井は消え入りそうな声で頷く。

もっとはっきりしゃべれ。

生徒からよくそんな指摘を受ける俺が言えたことじゃねーけど。

「……とりあえず、入ればどうだ？」

俺が招き入れると、臼井はおっかなびっくり中に入ってきた。

夜に部屋で女の子と二人きり……という、普通ならドキドキして然《しか》るべき状況なのだが、正直相手がこの地味子ではまるでそういう気持ちにならなかった。

たぶん緊張しているせいだろうが、臼井の話はまるで要領を得ないもので、会話するのに非常に疲れた。

一言で纏《まと》めると、助けてあげられずにごめんなさい、ということだった。先ほどのことを指して言っているのだろう。

何でお前がそんなことしようとしたんだよと思うが、さすがにここまでくれば確信が持てる。

どうやら臼井、マジで俺に惚れているらしかった。

俺は臼井のことをよく知らない。

彼女が一年の頃は授業を担当したことがなく、今年になって初めて出会った。

しかも大人しい生徒なので、まったくしゃべったことがない。

何で俺に惚れたのかまるで心当たりがなかった。

『(1号) 同病相憐《あいあわ》れむ的な感情じゃね?』

『(2号) 顔面偏差値が自分と同レベルだと思ったんだろ。だいたい合ってる』

『(3号) 蓼《たで》食う虫も好き好きって言うしな』

うるせぇ。お前らは黙ってろ。

てか、俺ら同一人物だからな?

ちなみにしれっと3号が出てきたが、つい最近生み出した三体目の永続分身です。

「ご……ごめんなさい……おじゃま、しちゃって……」

何度も恐縮気味に頭を下げてから、臼井は部屋を出ていった。

その際、ふと、もしこのタイミングを誰かに目撃されていたとしたら、あらぬ誤解をされそうだなと思った。

もし臼井じゃなくて学校一の美少女だったら、彼女に好意を寄せている奴が俺に対する嫉妬の炎を燃やし――なんていう、ありがちな展開に発展していたかもしれない。

「あいつだったら、そんな心配はまったくねーな」

そんなどうでもいい安心感を覚えつつ、俺はベッドに横になったのだった。

◆　◆　◆　◆

——という、予想に反して。

「……なんで、こんな時間に臼井が武田の部屋に……？」

まさに彼女が部屋を出ていく瞬間を目撃していた人物は。

「……さっきの提案と言い、まさか田村が言ってやがったのは本当だったのかよ……？」

実は地味子に心底から惚れていて。

「くそっ、しかも武田の奴、部屋にまで連れ込むとか……ッ！」

という盛大な勘違いをし。

「許せねぇッ……武田のくせにッ……臼井をッ……」

メラメラと強烈な嫉妬の炎を燃え立たせ。

「……そ、そうだ。……俺たちは今、ダンジョンで死と隣り合わせの戦いをしている……人が一人くらい、死のうが………くくく……それに、あいつはどうせ《農民》……役立たずが死んだところで……」

そして昏《くら》い笑い声を漏らしながら、静かにその場を後にしたのだった。

◆　◆　◆　◆

「は？　俺も次の遠征に加わる？」

翌日、近衛隊隊長のサイバルに呼び出されたかと思うと、いきなりそんなことを言われて面食らった。

一度決めたことを覆《くつがえ》すことになる申し訳なさからか、サイバルは少々歯切れ悪く、

「……実は、タケダ殿のパーティのメンバーたちから、やはり一緒に連れて行きたいとの申し出があったのだ」

そのパーティメンバーに拒否られたんだが？

どういうこっちゃ。

「あの後、どうやら彼らで話し合ったらしい。そして君が居ても、十分にやっていけると判断したそうだ」

ぶっちゃけ何もありがたくないな。

ていうか、何か企《たくら》んでるんじゃねーか、あいつら。

『（1号）間違いない』

『（2号）間違いない』

『（3号）間違いない』

全員の意見が一致した。

そりゃそうだ。こいつら全員、俺だからな。

まぁいいや。何かあっても今の俺のステータスなら対処できるだろう。

一時分身を十体同時に生みだせるようになって、さらに経験値を上げやすくなり、３号を生み出したというのに現在はレベル30だ。

たとえ四人がかりで襲い掛かってきたとしても、逃げることくらいは容易《たやす》い。

《忍者》は敏捷値も高いしな。

いや普通に戦っても勝てるかもしれん。


というようなことがあって、俺は今、阿久津たちとともに、再びセルゲウスの迷宮を潜っている。

現在、18階層。

予定通り近衛兵のお守《も》りはなく、時間差でスタートしたため近くに他のパーティの姿もない。

完全に俺たちだけで迷宮を進んでいるが、今のところ順調だ。

これまで何度も踏破してきた階層でもあり、現れる魔物の倒し方は熟知している。

「おらぁっ！」

阿久津が剣を振るい、豚頭の魔物――オークの太い首を斬り飛ばす。

「ブフォッ！」

どさりと地面に倒れ伏す仲間を飛び越え、別のオークが阿久津に躍り掛かった。

だが、横合いから山本がタックルを見舞う。

シールドバッシュ。

《重装士》の彼は分厚い鎧を着こみ、大盾を有している。その盾を思いきりぶつけることで、オークの巨体を吹き飛ばした。

「死ねっ！」

倒れ込んだオークの上に乗っかり、阿久津が喉首に剣を突き刺す。

オークは血を噴き出して絶命した。

「へっ、ちょろいもんだぜ」

「っすね！」

阿久津と山本が満足げに額の汗を拭ったときだった。

「っ、上からアフールが来ているわ！」

《治癒術師》のクラス委員長・井上の声で、俺たちは頭上から迫る人食い蝙蝠《こうもり》――マッドアフールに気づいた。

後衛のこちらへ向かって来ている。だが前衛の阿久津と山本は前に出すぎていて、戻ってくる時間はない。

お、これはもしかして俺の出番では？

と思ったが、

「田村さん、魔法を！」

「あーってるわよ、委員長」

田村がすかさず唱えたウィンドカッターが、空から迫ってきていたマッドアフールの群れに直撃。羽を切り落とされた数匹が、バタバタと地上に落下していった。

「阿久津君、山本君、戦闘後に少し気を抜き過ぎよ。油断せずに周囲への警戒を怠《おこた》らないで」

「うっせぇな。どのみちアフール程度、お前らだけで対処できただろ」

「それは結果論よ」

「ちっ」

口が回る井上と言い合っても勝てないと思ったのか、阿久津は舌打ちして反論を呑み込んだ。

ところで例のごとく、俺はさっきから何もしてません。

いや、一応は荷物持ちとか、誰かが怪我をしたらポーションを素早く渡すとか、ドロップアイテムを拾い集めるとか、栄誉ある雑用係に任命されてはいるのだが。

今のところ戦闘では何も活躍していなかった。

一方で俺が生み出した十体の分身たちは、ここより10階層以上も深い30階層で、オークなんかよりずっと強い魔物とガンガン戦っている。

本体の俺が何もしていなくても、がっつり経験値が入ってくるという仕組みだ。

それにしても、今日は誰も俺に対して何も言ってこないな。

いつもなら悪罵《あくば》や嘲弄は当たり前なのだが、ほとんど視線すら合わせてこない。

お陰で幾らかストレス減なのだが……なんていうか、不気味だ。

しかしそれから何事もなく、俺たちは目標としていた20階層へと到達した。

全体でも早い順番で出発したこともあってか、他のパーティは見当たらない。

「なぁ、もう少し先まで行ってみようぜ」

そう提案したのは阿久津だった。

「オレも賛成っす！　正直、20階層程度じゃ物足りなかったし」

「あーしも賛成～」

「異論はないわ。余裕があれば22階層までは進んでもいいと言われているし」

山本と田村、さらに井上がそれに同意する。

もちろん俺も付いていくしかない。

21階層は、20階層と出現する敵の強さが大して変わらないのだが、少々仕掛けられているトラップの性質が厄介になっていた。

ただし30階層までは、ほぼすべてのトラップが発見されているため、その情報を元に進めば引っ掛かることはまずない。

「これだったっけ？　踏んだら転移トラップが発動して、魔物部屋《モンスタールーム》に飛ばされるって罠」

阿久津が足を止めた。

その手前には、明らかに他とは色の異なった床があった。

いかにも罠、という雰囲気ではあるが、しかしそうと知らなければ意外と引っ掛かるかもしれない。

「危険度Cの魔物がうじゃうじゃいるらしいぜ」

「それ、今のあたしらが落ちたら絶対死ぬじゃん」

何がおかしいのか、阿久津と田村がけらけらと笑い合っている。

「ってことで、じゃあな、武田」

どんっ、と。

突然、後ろから物凄い勢いで何かが衝突してきて、俺は思いきり吹っ飛ばされていた。

……は？

吹き飛ばされたその先には——トラップの床。

うお、マジかよ。

飛ばされたら最後、まず生きては出られない魔物部屋だぞ。

そこに意図的に落とすとか、普通に殺人じゃねーか。

何かしてくるだろうとは思っていたが、まさかここまでとは思わなかったぜ。

空中でバタバタもがいてみたが、この世界でも慣性の法則には逆らえない。俺はあえなく床の上に着地した。

直後、隠蔽されていた魔法陣が発動し、足元から煌々《こうこう》とした光が溢れ出す。

視界がぶれ、転移特有の浮遊感が俺を襲った。

転移する寸前、阿久津の哄笑《こうしょう》が聞こえた。

「はっ、てめぇが悪いんだよッ！　臼井を誑《たぶら》かしやがったお前がなァッ！」

……ないわー。

◆　◆　◆　◆

「おおっと〜、つい盾が滑っちまったっす」

まるで悪びれる様子もなく、武田を突き飛ばした張本人である山本が白々しい嘘を吐いた。

もちろん、彼が意図的に大盾でタックルを見舞ったのだ。

「絶妙なタイミングだったぜ、山本」

「てか、転移するときのあいつの間抜け顔、マジでウケるんですけどー」

さらにそれを咎《とが》めるどころか、手を叩いて囃《はや》し立てている阿久津と田村。

一方、呆れたように嘆息したのは井上だ。

「まったく、度《ど》し難《がた》いわね。別にここまでしなくてもよかったでしょうに」

「てか、あんた意外と冷静じゃん」

「……薄々何かするだろうとは思ってたから。さすがにこれは予想できなかったけど」

実は彼女だけは今回の件について何も知らされていなかった。

だが下手に反対して自分まで巻き込まれては困る。

そうした打算から、井上は彼らの行為を黙認しようと決めていたのだ。

「……で、一体どうするつもり？　サイバルさんには、やっぱりパーティに不要だったので殺しました、とでも報告する気？」

「いや、事故ってことでいいだろ。どうせ俺たち以外、誰も見てねーんだしよ」

「わざわざ21階層に行って、トラップに引っかかりましたって？　怪しいでしょ？」

「まぁ多少は仕方ねぇだろ」

「はぁ……あんたたちのせいで、私の評価まで下がるんだけど」

井上は溜息を吐いた。

それを田村が鼻で笑う。

「うわ、評価って。あんたさー、こんな世界に来てまで、まだ大人の評価なんて気にしてんの？　ばっかみたーい」

「っ……う、うるさいわね」

「つーか、王宮側だって使えない《農民》のあいつの処理には困ってたはずだ。それを俺たちが代わりにやってやったんだよ。なぁ、山本？」

「そうそう、むしろ感謝してほしいくらいっすよね〜」

教師を殺しておいて、このやり取り。

なかなかに下衆な四人である。

「ま、最悪さ、主犯の阿久津に全部擦《なす》りつければいいんじゃん。うちら逆らえずに強要されたってことで〜」

「お、おいっ……それはなしだろ！」

「……さっきも聞いたけど、何でここまで？　あいつのことが気に食わなかったのだとしても、別に殺す必要なんてなかったんじゃない？」

「こいつ、地味子に惚れてんだって」

田村の暴露に、井上は思わず目を丸くした。

臼井と言えば、クラス一地味と言っても過言ではない、図書委員の女子だ。

「ぶっちゃけ、今回ので一番ウケるのはそこっしょ？　あんなブスで嫉妬して、教師殺《や》っちゃうとか、マジヤバいんですけど！　ぷぎゃははは！」

「……わ、悪ぃかよっ」

田村からからかわれ、阿久津は頬を赤くして顔を背《そむ》けた。

人を殺していなければ甘酸っぱい青春モノとして微笑ましくも見えただろうが……生憎と凄惨《せいさん》な愛憎劇である。

「ふーん」

と、どうでもよさそうに鼻を鳴らす井上だが、本当にどうでもよかった。

とは言え、頭の良い井上は大よその状況を理解する。

つまり臼井は本当にあの武田のことが好きだったのだろう。

そして臼井を好きだった阿久津がそのことに嫉妬し、山本と田村を仲間に引き込んで犯行に及んだというわけだ。

「まさに蓼食う虫も好き好きってやつね」

誰にも聞こえない声で、井上は辛辣《しんらつ》な感想を呟いたのだった。

◆　◆　◆　◆

俺は転移していた。
いきなり背中に衝撃を受けて吹き飛ばされ、床トラップに引っ掛かってしまったのだ。
衝撃の原因は分かっていた。
山本の大盾だ。
シールドバッシュ。
無論、事故などということは有り得ない。
あいつは俺を魔物部屋へと転移させるため、意図的に突き飛ばしたのだ。
恐らく阿久津に頼まれたのだろう。
転移間際に耳に届いた、あいつの笑い声が脳内で反響する。
——はっ、てめぇが悪いんだよッ！　臼井を誑かしやがったお前がなァッ！
あー……つまり、こういうこと？
臼井は俺のことが好き。
阿久津は臼井のことが好き。
それを知った阿久津は俺に嫉妬し、殺意を抱いた。
阿久津は山本（恐らく田村も。井上は分からん）を仲間に引き入れ、俺を罠にかけた。

そして魔物部屋へ。

……ないわー。

阿久津の奴、まさか臼井のことが好きだったとか……。

しかもここまでしてくるってことは、たぶんこの間の夜、臼井が俺の部屋に来たのを見ていたんだろう。

そして逢引《あいびき》か何かと勘違いした、と。

俺は声を大にして問いたい。

普通、そのポジションは美少女だよなッ⁉

一度はパーティから除外されることになっていた俺が、後から急に今回の遠征に参加することになったのは、ダンジョン内での方が殺しやすいと判断したからだろう。

俺の不注意で罠にかかってしまったのだと主張しておけば、証拠も何もない以上、彼らの責任を問うことはできない。

「……ったく、高校生のくせに人殺しとか、将来が心配だな」

やがて転移の光が薄れ、俺は魔物部屋に立っていた。

「うお……やっぱ、すげぇ沢山いやがる……」

そこは体育館ほどもある広々とした空間だった。

そして話に聞いていた通り、無数の魔物で埋め尽くされていた。たぶん、軽く三十体以上はいるだろう。

「あれはミノタウロスか？　あっちにはトロルもいるじゃねーか」

共に危険度Cであるミノタウロスにトロルといった、大型の魔物の姿も見える。

ちなみに危険度Cの魔物というのは、一見すると同格に見えるCランク冒険者が、ソロで討伐するには少々厳しい相手。

当然、パーティで相手をすることが推奨されている。

そして俺の現在のレベルは、そのCランク冒険者に相当する30。上級職の《忍者》なので、実際にはもう少し上方修正できるが。

他にも危険度Dではあるが、その上位に位置づけられる魔物も数多くいた。

さらに四方はすべて壁になっていて、出口が見当たらない。

逃げることすら許されないらしい。

うん、完全に無理ゲーだ。

……今のままでは。

仕方ない。ここは奥の手を使うとするか。

「おい、分身ども！　俺に経験値を寄こせ！」

俺は永続分身たちに命じた。

そう。以前にも説明したことがあるかと思うが、本体と永続分身の間では経験値の授受が可能なのだ。

確かに今のステータスでは、この苦境を乗り越えることはできないだろう。

だが分身たちから力を集めれば、きっと切り抜けられるはず……っ！

『(1号) はぁ？ それが人に物を頼む態度かよ』

『(2号) 社会人スキルを学んで出直してこい』

『(3号) てか、お前みたいなクズが、人様から施しを受けられると思うなよ？』

うっせぇ、早く寄こしやがれ馬鹿野郎ども。

三体の分身たちから経験値をぶん取った俺は、一気にレベル40まで上昇した。

よし、これで今の俺の実力はBランク冒険者相当。

トロルが巨大な棍棒を振り下ろしてくるが、

「ふははは っ、止まって見えるぜ！」

俺は圧倒的な敏捷値を活かし、あっさり躱《かわ》す。そしてトロルのでっぷりとした太鼓腹へ、剣を鋭く一閃した。

「オアアアアアッ⁉」

分厚い脂肪の鎧など物ともせず、トロルの内臓が両断されて大量の血飛沫《しぶき》が上がる。

しかし俺は返り血を浴びることはなかった。

鮮血が届く前にその場から離脱し、すでに次の獲物に躍り掛かっていたからだ。

白刃《はくじん》を閃《ひらめ》かせると、危険度Dの魔物、オークの猪首《いくび》が宙を舞った。

さらに魔物の密集地に自ら飛び込んで、ブラックコボルト数匹をまとめて斬り捨てる。

「やべぇ！ 何だこれ！ 俺、超TUEEEEEEEッ！」

圧倒的な力に、俺はつい興奮しまくった。

狂暴な魔物どもも、今の俺の前ではゴブリン同然。

動きは完全に止まって見えるし、軽く剣を振っただけでいとも容易く両断することができる。

「ブモオオオオッ――」

「ふんっ！」

「――ッ⁉」

蹄《ひづめ》を鳴らし、力強い雄叫びとともに突進してきたミノタウロスを、俺は横綱相撲とばかりに正面から受け止めた。

驚愕《きょうがく》する筋骨隆々《りゅうりゅう》の牛頭人を、〈体術〉スキルを活かして豪快に投げ飛ばす。

「どりゃっ！」

「ブフォッ⁉」

今の俺の筋力は、怪力で知られるミノタウロスすらも凌駕しているのだ。

「おらおらおらおらぁぁぁぁぁっ！」

時に剣で、時に拳《こぶし》で、時に蹴りで、時に投げ技で。

俺は魔物部屋に屯《たむろ》する大量の魔物どもを次々と葬っていく。

もしこの光景を、俺のことを雑魚の《農民》だと思っている生徒や王宮の連中が見ていたとしたら、驚愕のあまり顎《あご》が外れるかもしれない。

「ひゃっはーっ！　魔物よぇーっ！　俺すげーっ！　全能感ぱねぇーっ！」

『(1号) おい、本体がおかしくなったぞ?』

『(2号) いや、おかしいのはいつものことだろ』

『(3号) この世界にも良い病院あるんかな?』

「はははは! お前ら後で覚えとけよ!」

一方的な虐殺劇が続く。

やがて気づけば、広大な魔物部屋は魔物の死体という死体で埋め尽くされ、立っているのは俺だけになっていた。

◆ ◆ ◆ ◆

——ダンジョン22階層。

「せ、先生! 後ろから新手が!」

「了解よ! こっちはわたしに任せて、中谷くんは後方をお願い!」

「わ、分かりましたっ!」

佐倉美鈴が率いるそのパーティ四名は現在、目標の20階層を越えて、22階層にチャレンジしていた。

今回は同行する近衛兵はおらず、勇者である彼女たちだけでの遠征である。

最初こそ不安が大きかったものの、すでに何度も訪れて慣れた道のりだ。

やがて緊張も解れ、気づけば順調にここまでやってきていた。

しかし油断は禁物。

ダンジョンは唐突に冒険者たちに鋭く牙を剥くことがあるからだ。

例えば今回のように、通常は階層内に万遍《まんべん》なく散らばっているはずのモンスターが、やたらと集中している地帯へと、運悪く足を踏み入れてしまうこともある。

お陰で彼女たちは現在、多数の魔物に囲まれて少々苦戦していた。

「ぐあっ……」

足元への注意が疎《おろそ》かになっていたせいで、前衛の一人が太腿にアルミラージの角を受けてしまった。

すぐさまその一角兎を剣で仕留めるが、太腿《ふともも》からはドバドバと血が噴き出してくる。

「ひっ、ヒールっ！」

すかさず治癒魔法をかけたのは、上級職《聖女》の臼井だ。

見る見るうちに傷が癒えていくが、元より二人の前衛でどうにか戦線を維持していたのだ。

その一人の動きが鈍ったことで、さらに逼迫した状況へと陥《おちい》ってしまう。

しかも魔物は途切れることなく、続々と新手が押し寄せてきていた。

それでも希望は《魔術師》の放つ魔法。

詠唱《えいしょう》には時間がかかってしまうのだが、それを補って余りある高威力の魔法は、一気に戦況を覆す力を持っていた。

と、そのときだった。

どこからともなく怒号めいた声が聞こえてきたのは。

「オラオラオラオラァァァ……ッ！」

前方の通路、最も多くの魔物がいる方からだった。

一体何事かと、四人の勇者たちがちらりと視線を向けたそのとき。

さながらポップコーンのように、魔物が次々と吹き飛んでいく光景がそこにはあった。

「な……？」

「えっ……？」

四人とも目を見開き、息を呑む。

彼らは目撃してしまう。圧倒的な強さで、魔物の集団を呆気《あっけ》なく蹴散らしていく人間の姿を。

もしかして近衛隊隊長のサイバルが助けに来てくれたのかと思ったが、体格からして彼ではない。

「あっ、やべっ」

その謎の人物がこちらに気づき、そんな声を発した。

「あなたは――あれ……？」

佐倉が目を瞬《またた》かせ、その人物の顔をもう一度確認しようとする。

一瞬、見たことのある顔だった気がしたのだが、どうやら気のせいだったらしい。

彫りの深い顔立ちをした、色黒の中年男性だった。

それから男性は、瞬く間に周囲にいた魔物を殲滅《せんめつ》していった。

物凄い強さだ。

この辺りの階層では最強クラスのモンスターとされているリザードマンですら、呆気なく瞬殺してしまったのである。

何より、速い。《戦姫》の佐倉でさえ、その動きを目で追うだけでやっとだった。

やがてすべての魔物を倒した後、男性は、

「あ、危ないところだったなっ。じゃあ俺はこれで！　さらだばー」

「あっ、待ってく――」

こちらが呼び止める前に、男性はもう踵《きびす》を返して走り出していた。

瞬く間に背中が遠ざかっていく。

「だ、誰だったんだろう……？」

「すげぇ強かったな……」

誰もが呆然としている中、臼井が小さな声で呟いていた。

「……今のにおい……」

◆　◆　◆　◆

「あ、あっぶねぇぇぇ……」

早鐘《はやがね》を打つ心臓を押さえつつ、俺は息を吐き出した。

俺は今、ダンジョンの第22階層にいた。

なぜこんなところにいるのか？

それは魔物部屋の魔物をすべて倒した後も、上がり切ったテンションが収まり切らなかったせいである。

そしてそこらにいる魔物をガンガンぶっ飛ばしていたら、偶然にも佐倉のいるパーティに遭遇してしまったというわけだ。

ギリギリ〈変装〉スキルで顔を変えたので、恐らくバレなかったとは思うが……。

『(1号）アホか』

『(2号）とっとと俺らから奪った力を返せ』

『(3号）猛省しろ』

「……はい」

ちょっと反省している。

ちなみにあの魔物部屋だが、どうやら魔物を全滅させることで、隠し扉が出現するという仕掛けだったらしい。

扉の向こうには階段があって、登っていくと無事に通常のフロアへと出ることができた。

頭が冷えてようやく少し冷静になったので、俺はこれからのことについて考える。

……さて、どうするか。

恐らく阿久津たちは今頃、20階層の集合場所に戻っていることだろう。

俺が転移トラップで魔物部屋に飛ばされたことを、サイバルに報告しているところかもしれない。

それで、俺の救助隊が出される――なんてことはないだろう。

俺の実力では、あの魔物部屋に転移させられたら最後、一分も持たずに魔物の餌《えさ》になると判断するに違いない。

すでに結構な時間が経っている。さすがの彼らも、確実に死んでいるであろう人間のために救助隊を出し、仲間を危険に晒すようなことはしないはずだ。

それが戦闘系の天職を持つ勇者であればまだしも、お荷物でしかない《農民》とあればなおさらである。

しかし、そんなところへ「どうもー、なんか助かっちゃいましたー、テヘペロ！」って、出ていくのも面白そうだな。

特に阿久津たちがどんな顔をするのかは見物《みもの》である。

「まぁでも、そろそろ潮時か。……どうだ、２号。俺が美少女と一緒に平穏無事に暮らせる環境は整ったか？」

『(２号) ああ、バッチリだぜ。いつでも来てもらっていいぞ』

２号は今、ウスラ王国の王都にいる。

そこで俺が安全に生活できる環境を作ってもらっていたのだ。

「よし、じゃあこれから本体の俺も聖公国を脱出する！」

とは言え、この国や勇者たちの状況も把握できるようにしておきたい。

そんなわけで、いつものアレである。

「いでよ、分身！　第4号！」

◆　◆　◆　◆

「何っ⁉　タケダ殿が転移トラップに……っ⁉」

その報告を聞いたサイバルは、すぐに救助隊を編制しようと考えた。

だがその考えに異を唱えたのは、副隊長のリアーナだった。

「隊長。私は反対だ。タケダ殿が生きている可能性は間違いなくゼロ。それにあのトラップの先にある魔物部屋は、かなり難度が高い。死者のために余計な危険を冒すなど、愚の骨頂ではないか？」

冷淡な印象のある知的な美女は、その印象を裏切らず、はっきりと己の意見を口にする。

むぅ……と、サイバルも口を噤《つぐ》まざるを得ない。それが正論であることを、彼も自覚していたからだ。

結局、救助は見送られることとなった。

もしあのとき自分が意見を覆さず、遠征同行をやめさせておけば……と、サイバルは己の判断の誤りを悔いる。

悲嘆の表情をしているのは、他の団員たちも同様だった。

近衛隊にとっては、これが初めての勇者の死。

それがいくら非戦闘系の天職持ちだったとしても、この数か月、傍でずっと見守ってきた相手だ。

当然、様々な想いが胸に去来する。

しかしそれ以上に強い精神的なダメージを受けたのは、やはり勇者たちだった。

たとえそれが忌《い》み嫌う人物だったとしても、やはりショックだったのだ。

誰かが死ぬ可能性を、まったく考慮していなかったわけではないだろう。

だが、彼らの中にはどこかゲームのような感覚があった。さらには勇者という、自分が特別な存在であるという優越感、高揚感も相まって、そのことから目を逸《そ》らしていたのだ。

「そんな……」

「武田先生が死んだ……」

そうした兵士たちやクラスメイトたちの反応に、内心で衝撃を受けていたのは、武田を殺した張本人の阿久津である。

(……な、なんだよ。あんな奴が死んだ程度で、何でそんなに動揺してんだよ……?)

今さらながら、自分が仕出かしたことにビクついていたのだった。

普段は偉そうにしているが、意外と小心者なのだ。

「一応どんな状況だったたか、詳しく教えてくれるか?」

「わ、分かりましたっ」

サイバルから問われ、阿久津はびくりと肩を震わせる。

絶対にバレてはいけない。

トラップにかかったのは、あくまでも武田の不注意ということで押し通す。

しかし緊張のせいか、阿久津の説明は何ともたどたどしいものになってしまった。

「阿久津君はすぐに武田先生の後を追おうとして……それをみんなで必死に止めたんです……」

見かねて、援護をしてくれたのは委員長の井上だ。

しかも唇を噛み締め、苦悶《くもん》の表情。目尻には涙まで溜まっている。

(井上すげぇ……ナイス演技……)

助かったと思う反面、彼女の猫かぶりっぷりに頬を引き攣《つ》らせる阿久津だった。

彼女のアシストもあってか、阿久津たちは咎《とが》められることはなかった。不幸な事故だと判断されたのだ。

ほっと胸をなでおろしていると、田村がニヤニヤとした笑みでこちらを見てくる。

「ほら、大丈夫だったじゃん」

彼女は彼女で、まったくもって人を殺した罪悪感を抱いているように見えない。

(……俺が言うのもなんだが、こいつもヤベェ奴だよな……)

だが阿久津が少なからず抱いた自責の念も、すぐに霧消《むしょう》することとなった。

「せ、先生が……っ?」

佐倉のパーティが遅れて戻ってきたのである。

その中には当然、阿久津が想いを寄せていて、本人のあずかり知らぬうちに今回の事件の大きな原因となった少女の姿があった。

「た、助けにいかなくちゃ……っ！」

「っ！　待て、ウスイ殿！」

「離してください……っ！　先生がっ……しーくんがっ……」

武田のことを知ると、いつも大人しいはずの彼女が大いに取り乱した。

その様子に、阿久津の胸の奥に再び強烈な嫉妬の炎が燃え上がる。

（くそっ……なんでっ……なんであんな奴をッ……）

しばらくして、どうにか彼女は落ち着いた様子だったが、顔は涙と鼻水でぐちゃぐちゃになっていた。

彼女にとって、それだけあの男が大きな存在であったことを改めて突きつけられてしまい、阿久津は顔を歪める。

（……臼井……）

阿久津が初めて彼女を見たのは、高校の入学式のとき。

実は一目惚れだった。

確かに彼女は、皆が馬鹿にするように、地味だし、無口だし、いつも一人ぼっちだし、眼鏡以外に何の特徴も無いような冴えない女の子だ（失礼）。

自分でもなぜ好きになったのか分からない。

しかし思えば昔から、阿久津はそういう子を好きになることが多かった。

高校生になって、不良グループの連中と付き合うようになった。

そうなると、自分はもっと派手な別の女の子を好きになれるかもしれないと思っていたが、どうやら人の好みはそう簡単に変わるものではないらしい。

以前、不良仲間から、いかにも遊んでそうな他校の女の子を紹介されたこともあったが、やはり自分には合わなくて、連絡先を交換しただけで終わってしまった。

二年になって、臼井とは同じクラスになった。

出席番号が一つ違いであるお陰で隣の席になったことで、阿久津はさらに彼女に惹《ひ》かれるようになっていった。

最近では、もうその気持ちに素直になろうと思い始めていた。

幸いと言うべきか、ライバルは少ない。

自分の容姿は良くもないが悪くないし、告白すればきっと――と思っていた矢先、異世界へと飛ばされてしまったのである。

そしてあの日の夜、彼女が夜中に武田の部屋から出てくるのを見てしまったのだ。

(だが、これであいつはいなくなった……。時間が経てば、臼井も……)

――この後、殺したはずの男が帰ってくることなど、今の彼は知る由もなかった。

第五章　チートスキルでボロ儲け

永続分身を経由して生み出された新たな永続分身（2号）であるところの俺は、リンハットから移動し、ウスラ王国の王都へとやってきていた。

その目的は以下の通り。
・金を稼ぐ。
・屋敷を買う。
・メイドを雇う（ただし美少女に限る）。
そしていずれ本体を迎えて、安全に生活できるようにすることだ。

しかし、どうやって金を稼げばいいんかね？

冒険者をやったところで、たかが知れていることは分身1号によって分かっている。

もちろんAランク冒険者とかになれば話は別だろうが、ランクの低い間はできる依頼も限られているし、リスクや労力を考えると割に合わない。

屋敷を買い、美少女メイドを雇おうとすると果たしてどれくらいかかることか。

何より可能な限り早く達成したいのだ。

とすると……やはり商売か。

現代知識を活かせば、経済チートができるかもしれない。

経済チートで有名なものと言えば、宝くじだろうか。

だがこれには相応の信用がいる。

発行元がちゃんと当選金を出してくれると信じることができなければ、くじを買おうなどとは思わないからだ。

なので政府や教会などといった誰もが信頼できる組織などのバックがなければ難しく、当然ながら今の俺にはそんなコネはない。

では、この世界にない物を作って売り出すか？

火薬？

いや、魔法が存在する世界だし、あまりありがたがられないだろう。

紙？

これはすでにある。ただし質はそれほどよくない。

現代の地球なら、もっと性能の高い紙を安く作れる技術があるのだろうが、生憎と俺はそこまで詳しくなかった。

現代料理チート？

俺は自炊したことすらほとんどない。

なら食材にフォーカスしてみたらどうだろう。

マヨネーズ？

確か、卵と油と酢で作れるんだっけ？

何度か試していれば上手くいきそうだが……なんていうか、ヒットするかもしれないが、正直リターンがそれほど大きくなさそうだよな。

特許が取れれば一儲けできそうだが、この世界にまだそんな仕組みがあるとは思えない。

簡単に作れる分、あっさりマネをされてしまいそうだ。

色々と知識を探ってみるが、なかなか良さそうなアイデアが出てこない。

と、待てよ？

そう言えばチートと言えば、〈アイテムボックス〉チートってのもあるな。

しかも俺の場合、分身同士で中に入れたものをやり取りできる。

「……それだ」

俺は思わず手を打った。

距離も時間もゼロで物を移動させることができる。

その便利さは、インターネットの通販以上だ。メール並みの手軽さである。

何しろこの世界においては移動には大きな危険が伴《ともな》う。魔物も盗賊も当たり前のように出てくるからな。

なので百パーセント、目的地に物を届けるのは難しい。

だが俺の〈アイテムボックス〉を使えば、途中で紛失することなどない。

加えて人件費もかからないのだ。

どう考えてもチート以外の何物でもないな。

輸送チート、とでも言えばいいだろうか。

こいつを応用すれば、確実に儲けることができるはず。

とは言え、現状ではまだ輸送できる先が少ない。

本体と分身二体しかいないからな。

本格的に輸送業をスタートするのは、もっと各地に分身を配置してからだ。

……いや、別に輸送業をしなくても、この〈アイテムボックス〉チートを利用した上手い儲け方があるな。

転売だ。

転売というのは、簡単に言うと、どこかで買ったものを、別の場所で買ったとき以上の値段で売り、その差額で利益を得るというものだ。

最近は転売ヤーなどと言われて有名なので、知っている人も多いだろう。

あまり良いイメージがないが、元々、転売というのはまっとうで歴史のある商売法だった。

例えば行商人なんかがそのいい例だろう。

供給地から需要地へと商品を運び、販売する。

彼らは移動と販売という労働を、生産者から肩代わりしているのだ。

だが俺の場合、前述した通りその「運ぶ」という労力がゼロになる。

この都市にしかない商品を安く買い、リンハット、あるいは聖公国で高く売る。

そんなボロい商売が成り立つのである。

「……キタコレ！　大儲け間違いなしだろ！　美少女奴隷メイド買い放題だぜ！」

何にせよ、まずは情報が必要だな。

俺はまだこの王都のことをまるで知らないし。

というわけで、徹底的に情報収集することにした。

もちろんたった一人でやっていては幾ら時間があっても終わらない。

俺は一時分身を現在の最大数――十五体生み出した。

「さあ、行け」

「「「いえっさー」」」

俺の命に応じて、分身たちが一斉に王都の各地へと散らばっていく。

さらには本体や1号にも、それぞれ分身を作ってもらって、その土地ごとの商品情報を集めてくれるよう頼んだ。


色々と調査してみた結果、リンハット、聖公国と比べると、やはりここウスラ王国の王都が最も発展しており、商品の種類も質も群を抜いているということが分かった。

この街で商品を購入し、それを転売する形が最も利益を出しやすいだろう。

ただし、聖公国で販売する際には注意しなければならない。

まったく交流のないはずのこの国の商品が、聖公国の聖都で販売されていると、色々と問題となるだろうからだ。

それゆえどちらにも流通してはいるが、聖公国の方で稀少とされている商品のみを扱うことにした。

もちろんリンハットではそうした気を遣う必要はない。

という感じで、王都で購入し、それをリンハットか聖公国で転売するというのが基本ではあるが、中には逆にすれば上手く儲かる商品もあった。

その一つがブラックオークの肉だ。

リンハット周辺であれば比較的多く生息している魔物だが、王都周辺には滅多に現れない。

だがその肉は柔らかくて非常に美味く、高級食材として知られていた。

『(1号) ブラックオークなら俺も時々仕留めてるぞ。こっちだと並みのサイズの一頭で金貨四、五枚ってとこだな。ギルドに売った場合だが』

一方、ここ王都では、その買い取り価格は金貨十枚にまで跳ね上がる。

冒険者である1号は、昇格のための点数稼ぎという目的もあってギルドに販売しているが、俺は冒険者ではないためその必要はない。

直接販売店に持ち込めば、さらに高値で買い取ってもらえるだろう。

どこの馬の骨とも分からない商売人なので、信用されるかどうかが心配だが――

「こんにちは～、キララ商店でーす」

「いらっしゃゃ――――っ!?」

明るく声をかけると、四十がらみの男性店主がこちらを振り返り、息を呑んだ。

店主が目を見開いて驚いたのは、俺が絶世の美女の姿をしていたからだ。

もちろん〈変装〉スキルの能力である。

やはり男へセールスするなら、美女だろう。

男なんてものは単純で、それだけで警戒心が解け、見栄を張って必要のないものまで買ってしまうものだ。

……ソースは俺の実体験。

「ど、どんな御用で？」

「実はですね～、ブラックオークの肉を買い取っていただきたくて！」

「ブラックオークだって？」

「はい！」

「お嬢さん、冗談を言っちゃいけないよ。ブラックオークの肉はなかなか手に入らない高級品だ。そんな名前も聞いたことの無いようなお店が、取り扱っているはずもない」

「本当ですって。えっと……ちょっと中に入らせてもらってもいいですか？　この場所で取り出すわけにもいきませんので」

「取り出す？　って、まさか……」

敏《さと》い店主はすぐに気づいたようで、俺を店の中へと通してくれた。

俺は〈アイテムボックス〉から、解体し終えたブラックオークの肉を出す。

「やはり〈アイテムボックス〉か……！　しかもこの肉……確かにブラックオークのものだ！」

〈アイテムボックス〉自体、かなり稀少なスキルだ。

それゆえあまり人に見せたくないものであることを、店主は察してくれたのである。

「若い娘さんがうちを信用して、こんなものを見せてくれたんだ。買い取らないわけにはいかないだろう」

と、店主は頷いてくれる。

「しかもこの鮮度……〈アイテムボックス〉に入れていたというなら頷けるが、まずこの王都じゃ手に入らない……」

〈アイテムボックス〉内は時間が停止するため、食材の鮮度が落ちることがないのである。

「金貨十三枚でどうだい？」

「そんなにいいんですか？」

「いや、これでもこの鮮度なら安い方だ」

「まいどありがとうございます！」

上手くいったぜ。

まだ在庫があるが、一度に売るよりしばらく時間を置いて、また売りにきた方がいいだろう。

どのみち腐らないからな。

他にも、本体がダンジョンで入手した素材の中には、王都で売ることで大きく稼げるものが多くあることも分かった。

例えばミノタウロスの角だ。

武具製作用の素材に利用されているそうなのだが、強度の割に加工しやすく、また一部のダンジョンにしか出現しないことから、非常に稀少なのだという。

聖公国のダンジョンに行けば結構な頻度で遭遇するため、〈アイテムボックス〉の中に二十本近く所持していた。

「ほう、こいつは確かにミノタウロスの角だ。一本金貨八枚で買い取らせてくれ」

「まいどありー」

いかにも頑固そうな鍛冶屋の親父があっさりと買い取ってくれた。

よしよし、なかなか順調だな。

◆◆◆◆

「はっはっは！　まさか一か月でここまで稼げるとは思わなかったぞ！」

思わず悪役人チックな笑い声を上げてしまう。

転売を繰り返すことで、俺は稼ぎに稼ぎまくっていた。

一か月でおよそ金貨千枚もの儲けを出したのだ。

ちなみにこの世界では、銅貨百枚＝銀貨十枚＝金貨一枚といったレート。

銅貨よりも価値の低い銭貨というのもあって、これは種類によって価値がまちまちだ。

また、金貨の上には大金貨という貨幣もあった。

日本の円で考えると、銅貨一枚は千円くらいなので、銀貨一枚で一万円、金貨だと十万円に相当することになる。

つまり金貨千枚はおよそ一億円。

「ボロい商売だな、これ」

普通、たった一か月でこれほどの儲けを個人で出していたら、すぐに噂になり、怪しまれてしまうだろう。

だが俺は〈分身〉と〈変装〉のスキルを使うことで、すべて別人として商売を行った。

だからほとんど目立っていない。

中には同業者から睨まれた分身もいるが、所詮は分身だしな。何も怖くない。そもそも俺自身も分身だ。

「よーし、とりあえず屋敷を買おう」

金貨千枚あれば、そこそこのものを買うことができるだろう。

なに、また金が貯まれば住み替えればいいだけだ。

俺は不動産屋へ足を運んだ。

「シーノだ。家を買いたい」

俺はそう名乗ることにしたのだった。ゲームをするときに、よく主人公に付けていた名前だったりする。

「上限は金貨千枚で」

すぐに稼げるし、ここはケチらずにいこう。

「それならちょうどいいのがありますよ。よろしければ今から下見に行かれますか？」

「ぜひ頼む」

不動産屋に連れていってもらったのは、比較的裕福な人たちが住むという住宅街だった。

王都の街は城壁の内側にあるため土地が限られているようで、どこも小さな家が所狭しと密集している。だがこの一帯では、住宅間に十分な距離があり、道の両側にお洒落《しゃれ》な街路樹が植えられているなど、スペースをゆったりと使っていた。

「ここです」

「なるほど。悪くないな」

二階建ての庭付き一戸建て。

しかも大きい。俺の実家の三倍以上はあるだろう。

「幾らだ？」

「金貨八百枚です。ローンも組めますよ」

「一括で構わない。ここに決めた」

即決した。

一応ここの不動産屋が信頼できることは、事前に分身を使って調べてあるからな。

まさかこんなにあっさりと決断するとは思わなかったのか、不動産屋は一瞬呆気にとられたような顔をしてから、

「あ、ありがとうございます。……もしかしてお一人で住まわれるので？」

「いや、メイドを雇おうと思っている。奴隷の」

「奴隷ですか。でしたら良い奴隷商を知っていますよ」

「本当か？」

俺は早速、不動産屋に紹介された奴隷商へと足を運ぶことにした。

屋敷を買ったため金貨は残り二百枚だが、一人くらいは買えるのではないだろうか。

「いらっしゃいませ」

まだ若い店員が出迎えてくれる。

「どのような奴隷をご希望ですか？」

「メイド用の奴隷だ。ただし美人であれば仕事ができなくてもいい」

うん、だって目的はエロいことだからね。

俺の意図を察したのか、店員が尋ねてくる。

「……それでしたら性奴隷でよろしいのでは？」

「いやダメだ。元から性的な奉仕を目的とした奴隷では楽しめない。俺はあくまでメイドとして雇うつもりだ」

俺はきっぱりと告げる。

「さ、左様ですか……」

おい、何だその変わった奴を見る目は？

分かってないな、こいつ。

「しかし奴隷とは言え、契約で護られています。契約外のことを強要すれば、犯罪となります」

「強要しなければいいのだろう？」

「は、はい、その通りですが……」

つまり相手が望むのならば問題ないということ。

かつての俺なら不可能だった。

だが今の俺は誰もが羨む最強のイケメンである。

1号と同様、〈変装〉スキルを使って顔を変えたのだ。

あちらは美形タイプだったが、俺の方は全体的に目鼻立ちが鋭く、精悍《せいかん》で凛々《りり》しい面構《つらがま》えをした青年だ。

英雄然としたその見た目は、向こうから泣いて嘆願して股を開くレベルである。

これなら女を落とすことなど造作もないはず。

と、そこへ別の店員が現れた。

貫禄のある中年で、何となく仕事ができそうなオーラを放っている。

……俺の嫌いなタイプだな。自分の上司だったらの話だが。

「お客様。もしかしてシーノ様でございましょうか？」

「そうだが」

「おお、やはりそうでしたか。リーベリック不動産からお話は伺《うかが》っております」

不動産屋を後にしたその足で来たのだが、随分と早いな。

特別な連絡手段でも持っているのかもしれない。

「わたくし、当店の店長を務めております、ラオニと申します」

どうやらこの男が店長らしい。

店長が自ら現れるということは、それだけ俺に客としての価値が高いと見たのだろう。

即決で屋敷を購入したせいかもしれない。

「メイド用の奴隷でございますね。当店には良い商品がそろっております。どうぞ、こちらへ」

俺の要望を聞いても変な顔一つせず、恭《うやうや》しく案内してくれる。

ラオニに連れていかれたのは、高級感溢れる部屋だった。足元には虎系の魔物のものと思しき毛皮が敷かれており、大理石のテーブルの上にはご自由にお食べくださいとばかりに果物類が用意されていた。

もしかしたらＶＩＰ用の部屋かもしれない。

革張りのソファに腰かけ、出されたカクテルを飲みながら優雅に待っていると、女性たちが入ってきた。

全部で五人。

むっちりした爆乳美女に、スレンダー長身美人、サンバでも踊り出しそうなセクシーな衣装に身を包んだ褐色肌の美女もいれば、清楚で優しげな印象の美少女や、ショートカットが似合うボーイッシュな美女も。

タイプは様々なれど、いずれ劣らぬハイレベルな美人ばかりだった。

さすがは王都でもトップクラスの奴隷商だ。

実を言うと不動産屋から紹介される前から、俺はこの奴隷商には目をつけていた。

伊達に分身を使って王都の調査をさせていない。

元々、奴隷を買うならここがいいだろうと考えていたのだ。

「ほう、なかなかの上物ばかりだな」

俺は上から目線で言う。

これもイケメンだからこそできる芸当だろう。

元々の顔なら確実に気おくれしていたはずだ。

実際、部屋に入ってきた美女たちが、俺のイケメンフェイスに熱い視線を注いできている。

ぜひ私を買ってほしい！　いえ、私を！　私よ！　ていうか抱いて！

という声が今にも聞こえてきそうだ。

いや妄想じゃないぞ？　ブサメンなら確実に妄想だが、イケメンだと真実だ。

「当店でも選りすぐりの美女ばかりを連れてまいりましたので」

ラオニが自信ありげに告げてくる。

正直言って全員欲しい。

彼女たちと一つ屋根の下で暮らしたい。

毎朝優しく起こされたい。

料理を作ってもらいたい。

夜のご奉仕をしてもらいたい。

「よし、全員買おう」

俺の言葉に、美女たちが思わずといった様子で歓声を上げた。

ラオニが言う。

「ありがとうございます。サービスとして端数を切り捨て、金貨二千枚となりますがよろしいでしょうか」

よろしくねぇ。

うん、そんな金、持ってないもんな。

俺は平静を装いながら言った。

「しかし屋敷を購入したばかりで家具も何もなく、まだ受け入れる状態ができていない。一週間後に迎えに来るから、支払いはそのときで構わないか？」

「畏《かしこ》まりました。それではお待ちしております」

危ない。とりあえずは切り抜けたぞ。


「というわけで、早急に金貨二千枚が必要になった」

『(本体) アホか、お前』

『(1号) 何考えてんだ。死ねよ』

『(3号) クズが』

俺の脳内に保存されている奴隷商での記憶映像を、本体および分身へと流してやった。

「こんな感じの美女たちだった」

『(本体) よし、頑張って稼ぐぞ』

『(1号) 一週間あれば余裕余裕』

『(3号) 2号、グッジョブ』

掌《てのひら》返しが酷過ぎる。

ちなみに3号はつい最近、新しく生み出された永続分身だ。

一週間で金貨二千枚という目標が決して無謀な数字ではないのは、3号が今、本体や1号とはまた別の都市にいるからである。

今まで三か所しかなかった〈アイテムボックス〉の繋がる先が、四か所に増えた。

三分の四倍になっただけと思われるかもしれない。

だが実際にはそんなものではない。

単純に供給地と需要地の選び方だけでも、3×2=6通りだったのが、4×3=12通りになったのだ。

商品の仕入れ先と販売先の組み合わせはさらに増えている。

要するにずっと稼ぎやすくなったというわけだ。

そして一週間後、俺は宣言通りに金貨二千枚を持って、奴隷商を訪れた。

何食わぬ顔をしてラオニへと支払う俺。やばい、なんかカッコいい。

「では確かに頂戴《ちょうだい》いたしました」

美女たちが一斉に頭を下げてくる。

「「「これからよろしくお願いいたします、シーノ様」」」

「ああ、こちらこそよろしく頼む」

素晴らしい。

一気にハーレムができあがったぞ。

こうして無事に美女奴隷たちを引き取り、屋敷へと連れていく途中のことだった。

広場に大勢の人だかりができているのを発見して、俺は足を止めた。

「……そう言えば、ここで明日、罪人の公開処刑が行われるのだったか」

分身経由で得ていた情報を思い出す。

何でも、王宮に仕える騎士でありながら、王族への殺人未遂で捕えられたのだという。

しかし公開処刑なんて、現代日本では絶対にあり得ないな。さすが中世ヨーロッパっぽい異世界。

なんて残酷なのだ。

と思いつつも、ついつい好奇心が疼《うず》いてしまうのは、人間の性《さが》というものか。

とりあえず、どんな奴が処刑されるのか見てみたい。

俺は分身を使ってその犯罪者の顔を確かめることにした。

人混みを掻き分けて晒し台の前へと辿り着く。

そして、

「……美人じゃねーか」

晒し台に拘束され、大勢の人目に晒されていたのは女性だった。

しかもまだ若い。髪はほつれ、頬はこけ、身なりは酷いが、それでも目鼻立ちは整っていて、明らかに美人と分かる容姿をしていた。

それでも犯罪者に対して民衆は容赦ないようで、時折、「この不敬者が！」「恥を知れ！」などと罵《のの》りながら、彼女に物を投げている人がいた。

石が身体に当たり、うっ、と呻《うめ》き声を上げる。

傍で見張りをしている騎士たちはそれを傍観しているだけだった。

〈隠蔽〉で姿を消した俺は、さらに彼女に近づいていった。

……思った通り、なかなか香ばしい匂いがする。

アンモニアの匂いも混じっていた。

これ、絶対お漏らししてるよな。

どうやらトイレに行かせてもらっていないらしい。

美女のお漏らし……やばい、興奮してきたぜ。ハァハァ。

「……違います……私は……やってなど、いません……」

そのときふと、彼女から掠《かす》れた声が聞こえてきた。

◆　◆　◆　◆

私はエリーゼと言います。

家柄に恵まれたわけではありませんでしたが、その才能を買われて、騎士として王宮に仕えてきました。

自らの剣で、この国を護ることができる。

そのことに誇りを感じ、私は全力で任務に取り組んできたつもりです。

なのになぜ、こんなことになってしまったのでしょうか……。

大勢の民衆が私に注目しています。

その瞳に宿るのは、怒りや侮蔑《ぶべつ》の感情。

というのも、彼らはこの私を、騎士の身でありながら、王族への殺人未遂という重罪を犯した極悪人として認識しているからです。

つい先日のことです。

城内に賊が侵入するという事件が起こりました。

どうにか無事に捕えることができたのですが、王様と王妃様の寝室のすぐ近くまで侵入を許し、あわやという状況だったのです。

私はその日、夜勤で警備の任に就いていましたので、責任を問われることになるのは当然でしょう。

私自身も覚悟をしていました。良くて降格。場合によっては、騎士の称号を剥奪されるかもしれない、と。

ですが私を待っていたのは、そんな覚悟を遥かに超える信じがたいものでした。

死刑です。

なんと、私が賊の侵入を幇助《ほうじょ》したというのです。

まったくの濡れ衣《ぎぬ》でした。

私は王族の方々を心より敬《うやま》っています。

そのような計画に加担するはずがありません。

なのにあるはずもない証拠が見つかり、私は裁判で死刑を言い渡されてしまったのです。

どんなに訴えようと、誰も耳を貸してくれませんでした。

私は明日、公開処刑される身です。

「この不敬者が！」

「恥を知れ！」

そんな罵倒が私の耳朶《じだ》を打ち、時折、投げつけられる石やゴミが身体に当たります。

「……違います……私は……やってなど、いません……」

懸命に否定しようとするも、極度の疲労のせいかもはや声も出ず、人々の怒号であっさりと掻き消されてしまいます。

気づけば空が茜《あかね》色に染まり、もう日が暮れようとしています。

これが最後に見る夕日なのかと思うと、言い知れない悔しさが込み上げてきました。

このまま夜が来て、朝が来てしまえば、私は……


ハッとして私は瞼《まぶた》を開きました。

どうやら眠っていたようです。

明日には処刑される身だというのに、よく眠れたものです。

いえ、それだけ疲弊していたのだから当然かもしれませんが。

と、そこで私は大きな違和感に気づきます。

つい先ほどまで晒し台の上で柱に括《くく》りつけられていたというのに、どういうわけか、私はベッドの上で横になっていたのです。

もしかして私はまだ夢でも見ているのでしょうか……。

そのときドアが開き、誰かが入って来ました。

「目が覚めたか」

「っ……」

思わず息を呑んでしまいます。

なぜならその人物が、未だかつて出会ったことがないくらい、素敵な容姿をした青年だったからです。

「俺の名はシーノだ。君を助けさせてもらった」

「助け……え？　え？」

「明日には処刑されることになっていただろう？　だが安心しろ。君は死なずに済んだ」

……やはりこれは夢なのでしょうか？

けれどだんだんと頭がクリアになってきますし、夢にしては現実感があり過ぎます。

ですが、これが現実だとして……

一体、彼はどうやって私をあの場所からここへと連れてきたというのでしょうか。

しかも死刑囚を解放するなど、私が言うのも変ですが、あってはならないことです。

そのとき、彼が私の傍へと近づいてきました。

「あ、あのっ……」

私は慌ててしまいます。

このみすぼらしい格好を、こんなカッコいい男性に近くで見られてしまうことに羞恥心を覚えたのです。

すでに、あれだけの数の人々に見られていたというのに、です。

しかも、きっと酷い匂いをしています。

なにせ、もう一週間もお風呂に入っていないのです。

加えてあの広場に晒されてからは、トイレにも行かせてもらえず……。

「……え？」

そこで初めて、服が着替えさせられていることに気づきました。

身体も拭いてくれたのか、不快感がありません。

まさかこの方が……？

そう思うと、さらに羞恥で全身がカッと熱くなりました。

でも、まったく嫌な気はしません。この人なら……と思ってしまう私がいました。

「もうそろそろ時間のはずだ。一緒に見に行くか？」

「な、何を……？」

「君が処刑されるところを、だ」


私は信じられないものを見てしまいました。

フードを頭に被って顔を隠し、自分が処刑されるその広場に足を運んだ私は、晒し台の上で柱に磔《はりつけ》にされた〝私〟を目撃したのです。

「あれは偽者だ」

と、シーノと名乗った彼が教えてくれます。

「偽、者……？」

そう呼ぶのが憚《はばか》られるほど、その〝私〟は私と瓜二つでした。

鏡で何度も自分の顔を見てきた私自身ですら、まるで見分けがつかないのです。

ここに集まっている人々に、それを偽者だと判断することなど不可能でしょう。

驚愕している私の目の前で、その偽者の〝私〟はギロチンにかけられました。

巨大な刃が落ち――――ザンッ。

〝私〟の首は呆気なく切断され、断頭台の上を転がりました。

人々が熱狂する中、〝私〟の存在はこの世から消えたのでした。


もちろん私は確かにここで生き続けています。

処刑を見た後、シーノ……いえ、シーノ様の屋敷に戻ると、私は彼に問いました。

「なぜ、助けていただいたのでしょうか？」

「冤罪《えんざい》なんだろう？　俺は君がそう呟くのを訊いた」

まさか、あの声がこの方に届いていたなんて……。

「だったら君が処刑される必要などない」

「……確かに、私は何の罪も犯していません。ですが、それを証明することもできません。どうして信じていただけたのでしょうか？」

「君のような美人が罪を犯すわけがないだろう？」

「っ……」

はぐらかすような返事でしたが、こんな方から美人と言われて、嬉しくないはずがありません。

胸の鼓動が高まり、顔がどんどん熱くなっていきます。

「これで君は死んだことになった。これからは別人として生きていくといい」

「……ですが、この顔では……」

「心配は要《い》らない。俺は〈隠蔽〉というスキルを使える。これを使えば、他人が君の顔を見たとき、まったく違う顔に見えるようにすることができる」

「そんなことが……」

私はもう何度目とも分からないほどの感動を覚えます。

この方は一体どこまで凄いのでしょうか。

それにこの慈悲深さ。

私は今、はっきりと悟りました。

これから私が忠誠を誓うべきは、私の必死の訴えにまるで耳を貸さず、不忠者と罵ってきた王族などではありません。

このお方――シーノ様ただ一人である、と。

「よし、じゃあ後のことは任せたぜ」

「へいへい」

無事に魔物部屋を脱出した俺は、四体目となる永続分身——4号を生み出した。

そして俺はその4号を残して、勇者召喚されてから三か月世話になったこの国を脱出。

単身、2号のいるウスラ王国の王都へと向かうのだった。

◆　◆　◆　◆

一方、その本体と別れた俺（4号）はというと、これまで通りに勇者として聖公国で活動することになる。

佐倉と好きなだけセックスできるというのは嬉しいが、さすがにそろそろ飽きてきたよなぁ。

どうにか生徒とヤれないだろうか。

てか、リオの姿だったら簡単に股を開く奴がいるんじゃ？

うん、いるだろ、絶対。

田村とか特に股が緩そうだが……あいつは生理的にダメだな。

それにせっかくＪＫとできるんなら、処女がいいよな、やっぱ。

田村はどう考えてもヤリ○ンだからな。

篠原とかどうだ？

正統派の美人で、風呂で何度も裸を拝ませてもらっているが、なかなか良い身体つきをしている。

あまり男に興味無さそうだし、いかにも処女っぽい。

まぁ股を開かせるのは大変そうだが……。

そんなことを考えつつ俺が王宮に帰還すると、当然のことながら大騒ぎになった。

「タケダ殿⁉　まさか、生きていたのか……っ⁉」

近衛隊隊長のサイバルが驚愕の声を上げる。

その格好はいつもの鎧姿ではなく、厳粛さを感じさせる黒い衣装に身を包んでいた。

いや、彼だけでなく、他の近衛兵たちも同様だ。生徒たちも似たような服装をしている。

どうやら俺の葬儀中だったらしい。

葬儀中にその張本人が生きて登場するとか、漫画かよ！

俺は内心で思わず突っ込みを入れてしまった。

唖然《あぜん》としている生徒たちの中に、阿久津や田村たちの姿があった。

最初は信じられないといった顔で目を丸くしていたが、だんだんとその顔が蒼《あお》くなっていく。

「しーくん……っ！」

とそのとき、葬儀の列の中から突然、一人の少女が飛び出してきた。

臼井だ。

って、しーくん……？

誰だよ、それ。

彼女は他の参列者たちを押し退《の》けるようにして駆け寄ってくると、勢いよく俺の胸に抱きついてくる。

「……よかったっ…………しーくんっ…………生きて、いたんだ……っ」

嗚咽《おえつ》を零《こぼ》しながら、震える声で彼女は俺の生還を喜ぶ。

衆人環視の中である。いつも大人しい彼女が、まさかこんなに大胆な行動に出るとは思っておらず、俺は当惑した。

それにしても、俺は臼井から好意を寄せられているとは思っていたが、どうやら予想していた以上だったらしい。

俺の死に随分とショックを受けたのだろう、先ほど駆け寄ってくる際にちらりと見えた瞳は、流した涙の量を物語るように酷く充血していた。

……やば。

さすがの俺も、ちょっとウルっときてしまった。

果たしてこんなに俺のことを思ってくれている人間が、他にいるだろうか？

いないよな……。

そう思うと、悔しいが何だか臼井のことが愛しく思えてきてしまった。

ていうか、こいつ、意外といい匂いすんのな。

身体は柔らかいし、何より腹の辺りに押しつけられている二つの膨らみが、俺に強烈に女を感じさせてくる。

……意外と大きい。

ふと、視界の端に再び阿久津の顔が映った。

先ほどまで蒼くなっていた顔が、今度は嫉妬のせいか赤くなっていた。

拳を握りしめ、ぷるぷると震えている。

――あいつには魔物部屋に突き落とされた恨みがある。

間違いなく俺を殺す気だった。

もし俺が上級職の《忍者》でなかったら、確実に死んでいただろう。

この借りは返してやりたい。

いや今回だけじゃない。俺はずっとあいつのせいで、酷い目に遭わされてきた。

だがもし奴の所業を暴露したとして、果たして罪に問われるのだろうか？

あの王女が何を狙っているのか知らないが、俺と阿久津を天秤にかければ、間違いなく阿久津の方を取るだろう。

なぜなら俺の表向きの天職は《農民》で、あいつは上級職の《魔法剣士》なのだ。

まったくもって不公平で理不尽な話である。

まあいい。今はずっと良い復讐の方法があるからな。

「……すまないな、心配かけて」
俺はそう囁いてから、思いきり臼井を抱き締めた。
抱き締め返されるとは思っていなかったのか、臼井がビクッと肩を震わせる。
それに構わず、俺はさらに腕に力を込めた。
抱き合う二人の姿に、周囲がざわめく。
くはははっ、どうだ阿久津！
好きな女が、目の前で他の男に抱き締められる気持ちはよ！
「し、しーくん……」
臼井が俺の胸の中で顔を真っ赤にしている。
ていうか、さっきからしーくんって何だよ？　もしかして俺のこと？
断っておくが、これはあくまでも阿久津への復讐のためだ。
別に臼井に絆《ほだ》され、心を許してしまったとか、そういうのではない。
ないったらない。
『（1号）おいおい、素直になれよ』
『（2号）お幸せにな！』
『（3号）ひゅうひゅう～』
『（本体）爆発しろとまったく思わないカップル爆誕ｗｗｗ』
うるせぇ、野次馬どもは引っ込んでろ。

当然ながら葬儀は中止となり、その後、俺は隊長のサイバルから一体どうやって生還したのか、詳しく問い詰められた。

本当のことを話すわけにはいかないので、転移した先がなぜか何もない部屋だったという嘘をついた。

これは他の分身が得た情報なのだが、ダンジョンの転移トラップは、ごくごく稀にではあるが誤作動を起こすこともあるらしい。

その結果、本来の場所とはまったく違う場所に飛ばされたりするそうなのだ。

俺の話に、サイバルはあっさり納得してくれた。

そうでもなければ、俺が生きていることなどあり得ないもんな。

ちなみに俺は阿久津たちのことついては黙っていたのだが、どうやらサイバルは彼らのことを疑っている様子だった。

まぁ、さすがに色々と不自然だったし、怪しむのも当然だろう。

俺は「いやいや、俺が不注意で踏んでしまっただけですよー」ということにしておいた。

サイバルの話しぶりからも、どのみち奴らの悪事を暴露したところで、せいぜい軽い処罰で終わるだろうことは明らかだったし。

それなら「俺らの悪事、暴露されたのだろうか？」という不安を継続的に連中に抱かせておく方が、まだマシだ。

そういうのって、意外と精神的にキツイんだよな。

そして阿久津に関しては、やはり地味子方面でじわじわと苦しめてやろう。くくく。

というわけで、その夜、俺は臼井の部屋を訪ねていた。

「臼井、俺と付き合ってくれないか？」

「……え？　あ、はい………。えっ？　ええええっ？」

俺の突然の告白に、臼井はわたわたと千手観音《せんじゅ》みたいに腕を振って慌て出した。

その拍子に眼鏡に手が当たり、ズれる。

何やってんだ。

いやー、まさか俺が臼井と付き合うことになるなんて、思いもしなかったわー。

まぁでも、これも阿久津への復讐のためだし、仕方ないなー。

それに幾ら地味子って言っても、一応はＪＫだしな。

女子高生の彼女なんて、男なら誰もが羨むだろう。

教師のままだとアウトだが、どのみち辞めるから関係ないし。

「って、何で泣く!?」

ボロボロボロ、と臼井がいきなり涙を流し始めたので俺は慌てた。

「だ、だって……う、嬉しくて……」

俺との温度差、ちょっとやばくないですかね？

「思い出してくれたんだね………しーくん……」

「……？」

えーと……一体、何の話ですか？

そう言えば、昨日も俺のことをそう呼んでたよな……。

しーくん……しーくんか……。

その綽名《あだな》で俺を呼ぶやつは、過去に一人だけいた。

もう随分と前のことだが。あの子、今どこで何してんだろ？

紗代《さよ》ちゃんって言ったっけな。

すぐ隣の家に住んでいた幼稚園くらいの女の子で、小さな身体でいつも俺を追い掛けてきたっけ。

もう十年以上も前のことだ。確かあのときの俺はまだ高校生くらいだったたか。

彼女が引っ越して以来、一度も会っていない。

かなり可愛い子だったたし、今頃はきっとすごい美少女になっているに違いない。

と、今はそんなことを思い出している場合じゃないな。

俺が眉根を寄せていると、臼井は「はぁ……」と溜息を吐いた。

うわっ、臼井のくせに溜息吐きやがったよ。

「……やっぱり、覚えてないんだね……しーくん……」

「いやだから、しーくんって何だ？」

まさか、こいつの中ではすでに俺が彼氏になっていて、空想の世界で「しーくん」「うーちゃん」とかって呼び合っていたのか？

痛い……地味な上に痛いとか……。

ちなみに俺、臼井の下の名前って知らないんだよな。

名簿に書いてあった気がするが……忘れた。

「……無理もないよね…………もう、十年以上も前のことだし……」

十年以上？

そんな昔に俺たち会ったことあるっけ？

「でも……しーくんなら、覚えててくれるって、信じてたのに……」

臼井は唇を尖《とが》らせ、言った。

「わたし、紗代ちゃんです。昔、大きくなったら、お嫁さんにしてくれるって約束してくれた……」

いやいやいや！

そんな昔のこと覚えてねぇだろ⁉

と叫びたくなったが、実は普通に覚えていた。

紗代ちゃんとのその約束も。

確かに当時、俺は彼女と大きくなったら結婚しようなんて約束していた。

しかし、まだ彼女が結婚の意味もよく知らなかった頃のことだ。

「しーくん、おおきくなったらね、さよとけっこんしてくれる？」と真剣な顔で言ってくる彼女に、俺は微笑ましい気持ちで「じゃあ、大きくなって紗代ちゃんの気持ちが変わらなかったらな」と答えたのだ。

もちろんロリコンじゃないから手は出してないぞ？

将来は美人になりそうだったし、あわよくば……なんて思ってはいたが。

とは言え、まさか本当に彼女がその約束を胸の中に抱き続けていたとは思わなかった。


「紗代ちゃん、可愛かったんだけどなぁ……」

思わず嘆息する。

ほんと、今頃は美少女になっているだろうと思っていたのに……。

それが……アレである。

時というのは残酷だよな。

だが俺はそんな彼女と付き合うことになってしまった。

しかもその流れというか成り行きというか、何というか……これからヤることになってしまったのだ。

で、シャワーを浴びてきたい、と言い出したため、俺は現在ベッドに腰掛けて彼女が出て来るのを待っているというわけである。

この世界では珍しいことだろうが、各部屋にシャワールームが付いているのだ。

さすがは勇者待遇。

そう言えば、今まで一度も女風呂で見かけなかったのだが、いつも部屋のシャワーで済ませていたのだろう。

しかし……地味子か……。

確かにＪＫとヤりたいと思っていたけども……臼井は間違いなく処女だろうけども……何だかな……。

複雑な気分である。

だというのに、さっきから下半身が熱くなっていた。

すぐ近くで、女の子が俺のためにシャワーを浴びてくれているのだという事実が、たとえ臼井だとは言え俺の興奮を誘うのだ。

シャワーの音が止まった。

しばらくして、ドアが開く。

「……ご、ごめんね、しーくん……待たせちゃって……」

申し訳なさそうにしながら、裸体にバスタオルを巻いただけの臼井が出てきて——

「……誰？」

俺は思わずそんな問いを発してしまっていた。

「だ、誰って……わ、わたしだよっ、しーくんっ」

臼井が頬を少し膨らませ、怒ったように言った。

いやいやいやいや、だって……っ！

今、俺の目の前にいるこの子、めっちゃくちゃ美人じゃねぇか⁉

シャワーを浴びていたのだから当然だが、彼女は眼鏡を外し、三つ編みも解いていた。

普段は大きめの眼鏡によって隠されていた顔は、端整でありながらも可愛らしさを内包していて、「綺麗」と「愛らしい」を見事なバランスで実現している。

しっとりと濡れた長い黒髪は艶々《つやつや》として、思わず手で梳《す》いてみたくなるほど。

白い首周りや鎖骨に張り付いていて、それが何とも色っぽい。

貧相な体型かと思っていたのだが、一枚の布越しに存在を主張する胸部は、意外にもしっかりと発育していた。

何これ、ドッキリ？　実はドッキリなの？

別人と入れ替わりました、ってオチ？

もしかして俺と同じで〈変装〉スキルでも使えんの？

そうでなければ、眼鏡外したら実は美人でした！　とか、なんつー使い古されたベタな展開だよ、おい。

「しーくん……？」

「い、いや、悪い……その……あんまり可愛かったからな……びっくりして……」

「ふぇっ？」

俺がつい本当のことを言ってしまうと、臼井は頓狂《とんきょう》な声を漏らした。

元から上気していた肌が、さらに、かあああっと赤くなる。

「そそそ、そう、かな……」

うおおおっ、恥じらう姿も可愛い！

「抱き締めて、いいか？」

「……う、うん」

俺は彼女をギュッと抱き締める。

薄いバスタオル越しに感じられる彼女の身体はめちゃくちゃ柔らかく、温かい。

そして髪の毛から物凄くいい匂いがした。

臼井が顔を上げてくる。おねだりするような表情と桜色の唇。

俺はすぐに自らの唇を押しつけた。

しばしその瑞々しい感触を唇で堪能してから、今後は舌を使ってさらに味わう。

臼井もまた舌を出し、自分から俺のそれに絡めてきた。

「んっ……しーくん……」

火照《ほて》った美貌。潤んだ瞳。そして愛おしげに俺の名を呼ぶ声。

俺はあっという間に自制が効かなくなり、彼女をベッドの上へと押し倒した。

バスタオルがはだけ、その美しい肢体《したい》が露わになる。

小さかった彼女が、こんなに大きくなったのか……。

顔つきも女らしくなっていたが、身体もまた大人のそれへと成長を遂げていた。

出るところはしっかりと出て、それでいて腰周りは細く。上向いた女性的なお尻に、ついしゃぶりつきたくなってしまう。

「わ、わたしだけ、はずかしいよ……っ。……しーくんのも、見せて……？」

「見ていいぞ」

「えっと……わ、わたしが……脱がすの……？」

俺が頷くと、臼井は恐る恐るといった様子で俺の下半身に手を伸ばしてきた。

「っ……すごい……男の人のって……こんなに、なるんだ……」

下着の奥から勢いよく飛び出してきたソイツに、臼井はそんな声を漏らした。

きっと初めて見たのだろう。

恥ずかしがって顔を背けながらも、ついつい気になって視線を向けてしまう。

何とも初々《ういうい》しいその反応に俺の逸物はさらに元気になる。

「これが……しーくんの……」

臼井が両手でソレを包み込んでくる。

彼女は正真正銘の女子高生。しかも生徒だ。

そんな相手に性器を触らせているというこの状況に、俺の興奮はさらに高まっていく。

見るとすでに先走り汁が出始めており、それがとろりと流れて、臼井の細い指に付着した。

「……美味《おい》しそう」

「え？」

次の瞬間、臼井は俺の猛り切った逸物に顔を近づけてきたかと思うと、舌で先端から垂れていた汁を舐め取った。

「……ぁっ」

いきなりの刺激に思わず口からそんな声が出てしまう。

さらに臼井は、俺の肉棒へ舌を這わせていく。

「れろ……これが……しーくんの、味……れろっ……んぁ……」

まるで何かに憑《と》りつかれたかのように、俺の股間を必死に舐め回していく臼井。

初体験でいきなり自分からフェラチオをしてくるなんて、どんだけ積極的なんだよ!?

普通は性器を舐めることに忌避感があるものなのだが……。

「う、臼井っ……？」

「……うぅ……れろれろ……わたしのことは……昔みたいに、名前で呼んでほしいよ……れろ……」

「わ、分かった……紗代……」

臼井——紗代の舌遣いは、慣れていないため決して上手いとは言えない。

だが一心不乱に俺の股間にむしゃぶりついてくるその姿には、弥《いや》が上にも気持ちが高ぶっていく。

さらには肉棒全体を口の中へと含んで、

「……んんっ……んじゅ……」

じゅぽじゅぽとイヤらしい音を奏で始めた。

「んっ……んむっ……お、男の人って……こうしてあげたら、喜ぶって……じゅぷっ……」

どうやら俺を喜ばせるために、初めてのフェラに挑んでくれたらしい。

その健気《けなげ》な姿勢が物凄く嬉しい。

俺は彼女の頭を、両手で包み込むようにして撫でてやった。

「気持ちいいぞ、紗代。凄く」

「んぁっ……ほんと……？　嬉しい……」

紗代の舌が俺の肉棒に纏わりつき、それがまた凄まじい快感を生む。

なんて気持ちのいいフェラだ……！

技術の拙《つたな》さを、心遣いで完全にカバーし、それどころか、かつてないほどの快楽を俺に感じさせてくれていた。

「ダメだ、紗代……気持ちが良すぎて、出そう……」

「んじゅっ……ぁんっ……だ、出して……しーくんのなら……わたし、飲んでもいい……！」

「ああっ……出すぞ……」

「むちゅっ……き、来て……！」

ビクビクビクッ、と俺の逸物が痙攣したかと思うと、ビュビュビュビュビュ、と凄まじい勢いで中から精子が飛び出していった。

もちろんそれはすべて紗代の口の中へと放流される。

「はぁ、はぁ、はぁ……」

「ん……これが、しーくんの……ごくん」

紗代は白い液体をそのまま呑み込んでしまったらしい。

それどころか、口の端から垂れかけていたものを妖艶に舐め取った。

舌が俺の液体で白くなっているのがちらりと見えて、そのことが無性に俺の征服欲を満たしてくれる。

それにしてもフェラだけで射精してしまうとは。

無論、今夜はこれくらいで終われるはずもない。

「……しーくん……次は、こっちにちょうだい……？」

ああ、当然だ。

紗代、俺が今からお前を大人の女にしてやる。

俺はＪＫま○こへと我が息子を擦りつける。

そのシチュエーションが俺の興奮を引き上げてくれたのか、射精直後だというのにすぐに力を取り戻していった。

俺は紗代の膣内へ、硬くなった息子を押し込もうとする。

だが途中で何かにぶつかってしまう。

ん？　これ以上、行かないぞ……？　と首を傾げてから、ハッとした。

そりゃそうだ。

なにせ紗代は正真正銘の初体験なのだ。当然、未だかつて野郎の突入を許したことはなく、その処女は膜によって守られている。

つまりこの俺が一番槍！　この貴い膜を突き破る初めての男なのだ！

うお、何かさらに興奮してきたぞ。

お陰で槍が強度を増していく。

しかし焦ってはならない。ここでセックスに対する変なトラウマを植えつけてしまっては、今後の性生活にまで支障を来《きた》しかねないからな。

勢いよく一番槍を突き入れたい欲望を抑えて、ここは慎重に、ゆっくりとやらなければ。

「紗代、力を抜いてくれ。リラックスだ」

少し緊張している様子だったので、俺は挿入をいったん諦め、彼女の胸やその先端、陰核などを優しく愛撫していった。

「んっ……あっ……」

紗代は比較的感じやすい体質なのか、時折身体を捩じらせながら艶めかしい声を漏らす。

そうしていると段々と膣内から愛液が染み出してきた。

俺はそれを舌で舐め取った。

「だ、だめ……汚いよっ……」

「紗代もしてくれたからな」

さらには割れ目や陰核を舌でじっくりと攻めていく。

舌先で軽く突《つつ》いてみたり、じゅるじゅるとイヤらしい音を鳴らしながら吸い上げてみたり。

最初は柔らかかった陰核も、すっかりと硬くなってきた。

愛液は溢れ出し、舐め取っても舐め取っても切りがないほど。

よし、そろそろ良いだろう。

俺は今度こそと、彼女の割れ目に逸物を押し当てた。

とろりと垂れてきた愛液が纏わりついて、俺のそれもべとべとだ。

ついに彼女の膣内へと侵入した。

すぐに膜によって遮《さえぎ》られてしまうが、思い切って今度こそ押し込む。

「っ……」

入った。

しかしやはり処女。めちゃくちゃ狭い。

それでも愛液のお陰でずぶりと奥まで入り込んでいく。

「痛くないか?」

「うん……しーくんと、一つに……なってる……」

ちょっと血が出たようだが、ほんの少量だ。

紗代はうっとりとした表情で、まじまじと結合部に見入っているので大丈夫だろう。

俺はゆっくりと腰を振って、息子を膣内でピストンさせていく。

「あっ……すごい……しーくんがっ……わたしの中をっ……」

ハァハァと息を荒くし、嬉しそうに喘ぐ紗代。

中は処女らしくかなりキツイのだが、ぐしょぐしょ具合はすでにできあがった名器のそれである。

ぎゅうぎゅうに閉めつけてくる膣壁に、絡みついてくる愛液。その快感のダブルパンチに、俺はすぐに二度目の射精を致してしまいそうになる。

それをぐっと堪えながら、射精感を抑えるためにピストンの動きもいったん停止させた。

だがそんな俺を快楽の沼へと引き摺り込むかのように、紗代は自分から腰を動かし始めた。

「んっ……ど、どう、しーくん……？　っ……き、気持ち、いいっ……？　あんっ……」

フェラのとき同様、俺を喜ばそうと頑張ってくれているのだろうが、それにより彼女自身も強く感じているようだ。

狭い膣の中がリズミカルに収縮し、それが俺の肉棒へダイレクトに伝わってくる。

「っ……ダメだっ……また出る……！」

「だ、出してぇっ……こっちの中にもっ……しーくんの精液がほしいのぉっ……」

俺と紗代は対面座位の形で抱き合った。

下半身だけでなく口同士も結合させ、上と下でぐちゃぐちゃと音を響かせる。

「い、いくぞ、紗代っ」

「しーくぅぅぅん……っ！」

ビュクンッ、ビュルルルルルッ！

二発目だというのに、一発目に勝るとも劣らない勢いで、どろどろとした液体が彼女の子宮口目がけて飛び出していった。

◆　◆　◆　◆

いやぁ、ヤりました！

俺、ついにＪＫとセックスをしましたよ！

行為を終えた後、俺は紗代と二人でベッドに横になっていた。

毛布の中で絡め合った手から、彼女の温もりが伝わってくる。

「……は、恥ずかしかった……」

顔を赤くしながら、紗代が小声で囁くように言ってくる。

「あんなに積極的だったのにか？　まさか自分から俺のにしゃぶりついてくるとは思わなかったぞ？」

「……うぅ……言わないでぇ……」

そう言って、シーツで顔を半分ほど隠す紗代。

うーん、なんだこれ。めちゃくちゃ可愛い。

「なんか、また大きくなってきちゃったんだが」

「きょ、今日はもう、だめですっ」

紗代は怒ったように言って、しかし言葉とは裏腹に俺の胸に顔を寄せてきた。

それから、すんすん、と鼻を鳴らして、

「……やっぱり……しーくんのにおい、安心する……」

「犬かよ」

しかし、彼氏の匂いを嗅ぐと落ち着くという女性は多いらしい。

何でも、この人となら自分の子孫を残せると匂いで本能的に察知しているそうだ。

ソースはネット。本当かどうかは知らん。

「でも、しーくんがどこにいるか、においで分かるよ？　学校とかで、しーくんのにおいだって思った方向に行ってみたら、必ずしーくんがいるもん。百発百中だよ」

「マジかい」

実は俺、ストーカーされてたっぽい。

「あ、でも……つい最近、しーくんじゃない人から、しーくんに似たにおいが……」

「え？」

「ダンジョンの22階層で……」

あ、それ俺です。

正確には本体。

ていうか、そんなレベルでも分かっちゃうのかよ⁉

さすがにちょっと引いた。

「……そ、それはそうと、何で今までずっと言ってくれなかったんだよ？　自分が紗代ちゃんだってこと」

「だ、だって……」

紗代は再びシーツで口元まで隠すと、潤んだ上目づかいで教えてくれた。

「……もし、わたしのこと忘れてたらって思ったら…………怖くて…………絶対、死にたくなるし……」

結構、重い子かもしれん……。

いや、幼稚園の頃の恐らくは初恋だろうそれを今の今まで抱き続けている時点で、すでに一途にもほどがある気がするけどな。

「せめて、眼鏡と三つ編みをどうにかしてくれたら気づいたかもしれないのに。ていうか、なんであんな地味な格好をしてたんだ？」

「うぅ……その……」

やや言い難《にく》そうにしつつも、紗代は教えてくれた。

実は中学までは眼鏡なんてかけておらず、髪もストレートに下ろしていたそうだ。

だが男子にめちゃくちゃモテてしまって、何度も告白されていたらしい。

町を歩いていてナンパされることも数知れず。アイドル事務所からスカウトされかけたこともあるという。

まぁこの容姿ならそりゃそうだろう。

「じゃあ、それが鬱陶《うっとう》しくなって？」

「う、うん……だって……」

紗代はもじもじしながら言った。

「わ、わたしは……しーくんだけの、ものだから……」

ズバーーーーーーンっ、と心臓を弾丸で撃ち抜かれたような衝撃を受けた。

なんだこいつ、めちゃくちゃ可愛いぞ!?

だが重い……っ！

この子の愛、結構どころか物凄く重たいっ!!

「だが可愛いから許すッ！」

「ふえっ？」

俺はこの重たい愛を受け止めるぞぉぉぉっ！

「……けど、恥ずかしいところを見せてしまったな」

「え？」

「いや、その……俺……せ、生徒から嫌われてるっていうか」

さすがにプライドが邪魔して「虐《いじ》められている」とは言えなかった。

「そんなことないよ。それでもめげずに頑張ってるところが……えっと……すごく、カッコいいと思う……」

いや思いっ切りめげてるけどね？

辞めようとしてるし。

ていうか、あの姿を見てカッコいいとか、マジかい。

どんだけカッコよさのハードル低いんだよ。

「……そ、それより……しーくんに、謝らないといけないことが……」

「謝る？」

「う、うん……あのね……しーくん、前に、上着を無くしたことがあったよね……？」

「え、ああ。そう言えば、あったな」

確か、ゴールデンウィークの後くらいだった。たぶん、誰かが嫌がらせで盗んだんだろう。

あれ、高かったのに……。

ほんと、今目の前に犯人がいたらぶん殴ってやりたい。

「あれ……犯人、わたしなの……」

「っ!?　げほっ、げほっ、げほっ……っ!?」

思わず咳《せ》き込んでしまった。

「……ご、ごめんね……ど、どうしても、しーくんの……においが恋しくて……」

この子の愛の重さ、さらに上方修正が必要なようです。

「あと……一年生のときに、靴も……」

あれもお前かい！

「ごめんね……」

「だが可愛いから許す！」

「そ、それと、お弁当の箸も……」

「か、可愛いから許すっ！」

「検に――」

「それはさすがに嘘だよな!?　嘘って言ってくれ！　だが可愛いから許すぅぅぅっ！」

可愛いって正義だよねー（棒）。

「その代わり、俺も紗代のパンティを奪う！　クンカクンカしてやる！」

「は、恥ずかしいよぉっ〜」

今さらなに恥ずかしがっとんねん。

近所の女の子はとんでもない美少女になっていたが——変態だった。


翌朝、俺は紗代のベッドで目覚めた。

外からはチュンチュンと雀っぽい鳴き声が聞こえてくる。

朝チュンというやつだ。

俺の身体に寄り添うようにして、紗代はまだ眠っている。彼女の体温が心地よく、サラサラの黒髪がくすぐったい。

シーツから露出した白い肩が何とも言えない色っぽさを醸《かも》し出していて、昨晩の記憶が頭に蘇ってくる。

血液が集まってきた下腹部をどうにか宥《なだ》めつつ、俺は紗代の身体を揺すった。

「おはよう、紗代」

「ん……」

紗代がゆっくりと瞼を開く。

目が合った瞬間、少し驚いたようにパチパチと瞬きを繰り返したが、やがて昨晩のことを思い出したのか、頰を朱色に染めてシーツの中に隠れてしまった。

「う～～～」

恥ずかしいのか、シーツの奥で小動物めいた唸《うな》り声を発する紗代。

つい意地悪したくなった。

「えい」

「ひゃあ⁉」

シーツを強引に引っぺがす。女神の彫刻かと見紛《みまが》うような美しい裸体が露わになった。

「し、しーくん、ひどぉいっ……」

慌てて胸を隠し、涙目でシーツを取り戻そうと手を伸ばしてくる紗代。

俺はその腕を引っ張った。

「んっ⁉」

倒れ込んできた彼女を受け止めると、そのまま唇にキス。

そして強く抱き締めてやった。

最初は少し抵抗しようとした紗代だったが、すぐに体重を俺に預けてくる。

「……しーくん……いいにおい……」

くんくん、と子犬のように鼻を鳴らす紗代。

やっぱこいつ、匂いフェチだろ。

「紗代もいいにおいがする。すはーすはーすはーすはー」

「か、嗅ぎ過ぎだよぉ……っ」

やり返すように彼女の髪の毛に鼻を埋《うず》めて嗅ぎまくってやると、紗代はぽかぽかと俺の背中を叩いてきた。

でも、本当に良いにおいがするんだよなぁ。

ずっと嗅いでいたい。

そんなふうに、俺たちはしばしイチャイチャしていたが、

「あ、そろそろ朝食の時間か」

それからもう一度おはようのキスをして、俺たちはベッドから出た。

勇者である俺たちには、朝は豪華な朝食が用意されている。もちろん訓練でダンジョンに潜っているときは別だが。

いつも朝食をとっている広間に行くと、すでにほとんどの生徒たちが揃っていた。

小学校の給食のように皆一斉に「いただきます」をするわけでもないので、すでに食べ始めているやつらもいる。

基本的にはビュッフェ形式になっているため、早い者勝ちだ。もっとも、十分な量が用意されているため急ぐ必要はまったくないのだが。

俺が紗代と手を繋いで入って行くと、瞬く間に皆の視線が紗代へと集まった。

「え？　誰、あの子？　めっちゃ可愛いじゃん」

「あんな給仕係いたっけ？」

「いや、俺らと同じ服着てるぞ」

「あれって図書委員の臼井じゃね？」

「はぁ？　地味子なわけないっしょ」

そんな声があちこちから聞こえてくる。

「うぅ……は、恥ずかしいよ……」

注目されることに慣れていない紗代が、顔を俯けて消え入りそうな声で呟く。

彼女は今、いつもの眼鏡を外し、三つ編みも解いてストレートにしていた。

「や、やっぱり……せめて眼鏡くらいは……」

「別に眼鏡なくても見えるんだろ？　今の方が何倍も可愛いって」

彼女の眼鏡は完全に伊達眼鏡で、実は視力は２・０くらいあるらしい。そもそもたとえ近眼だったとしても、この世界では訓練次第であっさり回復するという。

「怖かったら俺の後ろに隠れてろ」

「う、うん……」

紗代は俺の背後にぴっとりとくっついてきた。

当然ながら、そうなると今度は生徒たちの視線が俺に集中した。

「ていうか、何であんな可愛い子が武田と？」

「見ろよ、あの手！　恋人繋ぎしてやがるぞ⁉」

「そもそも誰なんだよ、あの子は！」

どれもやっかみや嫉妬の視線である。

うおおおっ、この感じ、何かすげぇ気持ちいいぞ！

これか！　これが多くのラノベ主人公たちが味わってきた快感なのか！　美少女一人でこれなんだから、そりゃヒロイン増やしたくもなるわな！

きっと誰もが訊きたかったであろうことを、俺は何でもないことのように告げた。

「彼女は臼井だ。ちょっとイメチェンしてもらった」

生徒たちがざわつく。

「ま、マジかよ……マジであれ、臼井なのかよ……」

「信じられん……」

「俺の目は節穴だったのか……？」

「あ、あれが地味子？　……ま、まぁでも、うちと比べれば全然っつーかぁ」

「お前は化粧で無理やり誤魔化してそのレベルだろーが！」

ギャル女の田村の戯言《たわごと》に、他の男子から辛辣なツッコミが入る。ギャル女が「はぁ!?」と目を吊り上げているが、そんなことは無視して俺はさらなる燃料を投下した。

「あと、俺ら付き合うことになったから」

言いつつ、紗代の肩を抱き寄せる。

全員の視線に殺意が混じったのが分かった。あちこちから怒声が弾ける。

「何で武田と!?」

「ふ、ふざけんじゃねぇよ！」

「教師のくせに生徒に手を出しやがったのか、あいつ⁉」

ふははははっ、もてない男どもの悲痛な叫び声が心地いいぜ！

しかし阿久津はまだ来ていないのか。

あいつがどんな顔をするのか、早く見てみたいぜ。

まぁ正直言って、もう復讐なんてどうでも良くなりつつあるんだけどな。

ある意味、あいつのお陰で俺はこうして紗代とつき合えるようになったわけなんだし。ＪＫとのセックスもできたし。

むしろ感謝してもいいぐらいだ。しないけど。

そんなことを考えていると、佐倉が鬼の形相で怒鳴《どな》ってきた。

「付き合うって……あなた、何を考えているのよ⁉　教師が生徒と付き合えるわけないでしょうがっ！」

おいおい。

昨晩、裏でリオの姿をした俺の分身にハメハメされて喜んでいたくせに、人に倫理を説ける立場かよ。

「俺、元の世界に帰ったら教師辞めるし」

「な……そ、そういう問題じゃないでしょ⁉　そもそも高校生との交際は……」

「交際自体は別に法律上、何の問題もないぞ」

まぁ交際どころか、普通にヤっちまったわけだが。

一応、性行為も同意があればＯＫじゃなかったっけ？　詳しく知らんけど。

「それにここは異世界だ。向こうの法律なんか関係ない。てか、お前だって婚約者いる男とヤってるくせに。完全に不倫だろ、不倫」

おっと。つい言っちゃった。

「っ!?　なんで、それを……!?」

佐倉が驚愕で目を見開いた、そのときだった。

阿久津が食堂へと入ってきた。山本も一緒だ。

この騒ぎに何事だろうかと訝しげにしている彼らは、近くにいた男子に訊いた。

「……何があったんだ？」

「いや、それがよ……臼井が眼鏡を外したら、すげぇ可愛くなってて……しかも、武田と付き合うとか……」

困惑しているのか、その男子はたどたどしく答えた。

阿久津はその意味を瞬時に察したらしく、目を見開いて俺たちの方を見てくる。

まずは射殺《いころ》すような視線を俺に注ぎ、続いて目線は俺に寄りそう紗代の方へ。そして愕然《がくぜん》としたように、さらに大きく瞠目《どうもく》した。

ザマァ。

とは言え、ほんの少しだけ阿久津に同情したくなってしまった。

好きだった子を取られてしまっただけでなく、その子が実はむちゃくちゃ可愛い子だったと判明したのだ。逃した魚は大きかったというやつである。

俺だったらそう簡単には立ち直れないだろう。

そのとき小さく阿久津の唇が動いた。

ほんの微かな声ではあったが、《忍者》の聴覚補正のお陰か、俺はそれを聴き取ることができた。

「……どう考えても……前の方が良かっただろ……」

ないわー。

それから俺たちは、生徒たちに見せつけるかのようにイチャイチャと一緒に朝食をとった。

「はい、紗代。あーん」

「んあっ…………し、しーくんの（食べさせてくれた）ウインナー、すごく美味しい……」

「紗代の（入れてくれた）ミルクも、濃厚でめちゃくちゃ美味いよ」

「も、もうっ……」

うん、完全にバカップルですな。

生徒たちがそろそろ本気でキレそうなので、これくらいにしておこう。

しかし、こうして俺と紗代がイチャイチャしていられる時間は限られている。

というのも、俺と彼女は別々のパーティだからだ。

ていうか、俺、もしかして阿久津のパーティに戻るんかな？

どうにかして紗代と同じパーティに入れないものだろうか。

◆　◆　◆　◆

阿久津たちが動いたのは、予想していた通り、次にダンジョンに潜ったときだった。

彼らは俺を取り囲んで逃げ場を塞いでから、

「あんたさ、まさかあのこと誰かに言ってないよね～？」

「どうやって生き残りやがったんすかねぇ、こいつ」

田村と山本が問い詰めてくる。

「どうって、普通に魔物を全滅させて出て来ただけだが？」

「バカじゃないの？　《農民》のあんたにそんなことできるわけないっしょ？」

そう言われても、事実なんだけどなー。

「……んなことはどうでもいいんだよッ！」

突然、大声で咆《ほ》えたのは阿久津だ。

「何でてめぇが臼井と付き合い出してんだよッ⁉」

今にも殴り掛かってくるような勢いで問い詰めてくる。

いや、実際に拳を飛ばしてきた。さっと回避してやったが。

「なっ？」

簡単に避けられたことに阿久津が瞠目する。

「……はぁ」

俺はこれ見よがしに大きく溜息を吐いた。

「せっかくお前らが土下座して、ごめんなさ～いもうしませ～んって謝罪してくるなら許してやったんだが……さすがにこれじゃあな」

まぁ最初からこいつらが謝ってくるとは思ってなかったけどね？

「どうせ口で言っても分かんねぇだろうし、大人を舐めていたらどんな痛い目を見るか、その身体に味わわせてやるしかないな。体罰で」

肩を竦めながらそう言うと、案の定、アホな餓鬼どもは額に青筋を浮かべてキレた。

「はぁ？　あんたさー、どんだけ調子乗ってんの？　まさか一人でうちらに勝てるとでも？」

「武田のくせに調子こいてんじゃねぇっすよ？」

確かに一対四はなかなか厳しい。

新たな分身として生み出されたばかりということもあって、今の俺のレベルは25だ。

一方、こいつらのレベルは平均して27くらいはある。

特に阿久津の現在のレベルはすでに30に到達していて、勇者たちの中でもトップクラス。

しかも上級職の《魔法剣士》はゲームなんかでお馴染みの、剣と魔法の両方を熟《こな》せる万能キャラなので、戦闘能力は《戦姫》である佐倉と一、二を争う。

このままでは一方的に蹂躙《じゅうりん》されるだけだ。

というわけで、俺は一時的に経験値を貸してもらうことにした。

タケダ・シノブ　レベル25　↓　レベル40

『（本体）くくく、ついにこれまでの屈辱を晴らす時がきたようだな……』

こいつらへの怨みを共有している本体が、悪役のような台詞を吐いている。

「《農民》ごときが何をほざいてやが――――ッ!?」

阿久津が再び殴りかかってきたが、すでにそこに俺はいない。

「遅い遅い。そんなへなちょこパンチが当たるとでも思ってるのか？」

「「「なっ!?」」」

彼らの包囲網を抜け出し、俺は背後に移動していた。

「それとよ、何か勘違いしてるみたいだが、紗代は元から俺のことが好きで、別に俺が何かしたわけじゃねーぞ？」

むしろあいつは俺のストーカーだったたくらいだしな。

「っ……紗代、だとっ……」

俺が気安く名前で呼んだことに、阿久津が表情を憤怒《ふんぬ》に歪める。

その怒りのままに、腰に差していた剣を抜き放った。

「もう我慢できねぇッ！　殺す！　マジでてめぇをここでぶち殺してやるッ！」

怒声を上げて阿久津が躍り掛かってきた。

俺はそれを気楽な気持ちで迎え撃つ。

「だから遅いって」

「なっ⁉」

阿久津の斬撃を俺は軽く身を引いただけで躱した。

懐ががら空きだな。俺は〈体術〉スキルを活かし、その腹に蹴りを見舞ってやった。

「……がぁっ⁉」

苦悶の声を上げ、阿久津が大きく吹っ飛んだ。尻餅をつき、それでも勢いが収まらずに地面を転がる。

「くそったれが！　……ファイアーランスッ！」

阿久津は怒りに任せて炎の魔法を放ってくるが、そんなものが当たるはずもない。

だがさすがに少しは考えていたようで、魔法はただの囮《おとり》。俺が魔法を躱している隙に、一気に距離を詰めてきていた。

「無理無理」

だがやはりその剣は空を切る。

「てめぇ、何でそんな速さで動ける……っ⁉」

当惑する阿久津。

俺は再び彼の腹に蹴りを叩き込んでやる。

またも後方に飛ばされ、阿久津は背中からダンジョンの壁に激突した。

「お、オレも手伝うっす！」

山本が背中の大剣を抜いた。

阿久津が劣勢と見て、加勢する気らしい。

「いいぜ。そろってかかってこいよ」

二人が同時に攻めてきた。

いや、田村が魔法の詠唱を始めている。

前衛二人で俺を止めつつ、威力の高い魔法で仕留めるつもりなのだろう。怒っている割には、なかなかしっかりパーティ連携が取れているじゃないか。訓練の賜物《たまもの》だな。

「なっ」

「に……？」

阿久津と山本の驚きの声が重なった。

俺は圧倒的な敏捷力で、二人の間をぶち抜いたのだ。

「うそ……っ!?」

詠唱に集中していた田村が、眼前に迫った俺にビビって詠唱をキャンセルしてしまう。

俺はあからさまに拳を振り上げて、これからぶん殴りますよ感を盛大にアピール。

田村の顔が歪んだ。

「ちょ、待っ……女に、手を出すなんて――」

はぁ？　なに言ってんですかね？

いつも散々、俺に言葉の暴力を振るってきやがったくせに、女だからってだけで許されるとでも？

「生憎、俺はお前を女として見ていないんでな」

それと俺は体罰推奨派です。

異世界に来てもダンジョン遠征中でも、欠かさず化粧が塗りたくられているその顔目がけ、俺は手加減なしに拳を突き出した。

「ひでぶっ⁉」

変な悲鳴とともに、顔がひん曲がった田村が吹っ飛ぶ。

まぁこの世界には治癒魔法という便利なものがあるし、傷が残ることはないだろう。

にしても、ひでぶって……。

「くそっ！」

遅れて阿久津が攻撃してくるが、俺はあっさり捌《さば》いて、いったん放置。

先に山本の方へ。

《重装士》だけあって敏捷が低く、動きが遅い。振り回された大剣を躱し、俺は懐へと飛び込んだ。

そして下顎目がけ、アッパーカットを繰り出す。

「はっ、オレの物耐の高さは魔術師の田村とは違がぶごっ⁉」

生憎、今の俺の筋力値はお前の物耐値を大きく凌駕しているんだぜ？

脳を思いきり揺らされ、山本が白目を剝いてダウンする。

「う、嘘、だろ……？」

振り返ると、阿久津がわなわなと唇を震わせて後ずさっていた。

力の差をまざまざと見せつけられ、どうやら戦意を喪失してしまったようだ。

俺が近づいていくと、ひっ、と喉を鳴らす。

「この前のことはこれで水に流してやるよ。……だがな、紗代は俺の女《ヒロイン》だ。雑魚モブは引っ込んでやがれ」

阿久津はその場にへたり込み、がくがくと首を縦に振った。

《治癒術師》ということもあって、何もできずに傍観していた井上へと俺は視線を向ける。

「わ、私はあんなことをするなんて知らされてなかったわっ」

なんていうか、清々《すがすが》しいな、こいつ。

まぁ実際にどうだったかは知らないが、井上に関しては他の連中ほど怨みがあるわけではない。

許してやるか。

そもそも〝観客〟がいるし、これ以上の復讐はできない。

「とまぁ、こんな感じですかね」

「まさか本当に一人で倒してしまうとは……」

柱の陰から姿を見せたのは、近衛隊隊長のサイバルだった。

「「な……？」」

第七章　もう一人の巫女

サイバルが隠れて一部始終を見ていたことを知らなかった阿久津たちは、愕然と目を見開く。

「これで俺を上級職のパーティに入れてもらえますかね？」

「あ、ああ……もちろんだ」

今回ダンジョンへと潜る前に、俺はサイバルに直談判《じかだんぱん》しに行ったのだ。

紗代と同じパーティに入れてくれないか、と。

するとこんなことを言われた。

『実を言うと、今後の訓練の効率を考えて、もうすぐパーティを固定しようと考えていたのだ。そして基本的に上級職は上級職同士でパーティを組む。さすがに上級職のウスイ殿とタケダ殿を同じパーティにするわけにはいかない。そもそもタケダ殿は……』

そうしてサイバルが言うには、どうやら俺、今度こそ完全に勇者からドロップアウトさせられる予定だったらしい。

さらに訊いてみると、紗代と阿久津は同じパーティになるそうだったので、

『だったら俺が阿久津と戦って勝てば、再考してもらえませんかね？』

『なに？』

――で、現在に至るというわけである。

もちろん先日の一件についても俺はサイバルにすべてを伝えた。

その証拠を見せるという目的も兼ねて、わざわざ彼に後をつけてきてもらったというわけだ。

「……今回のことで君たちを処罰する気はない。今後も勇者として我々とともに戦ってほしい。……ただ、パーティ編成等については、再考が必要なようだ」

さすがに仲間に私刑を施すような勇者となれば、重要な任務を与えるわけにはいかない。

これからパーティが固定されるにしても、恐らく阿久津、山本、田村の三人が同じパーティに配属されることはないだろう。

その後、遠征を終えて王宮に戻ると、俺はサイバルから改めて色々と問い詰められた。

そこで初めて俺の天職が本当は《忍者》であることを明かした。

《隠蔽》というスキルを使い、《農民》だと偽っていたことも。

ただし〈分身〉と〈変装〉スキルのことは伏せておいたが。

「こんな天職があったとは……。しかもこのステータスとスキル……間違いなく、上級職に匹敵する……」

他の分身からの情報ですでに分かっていたが、《忍者》という天職など、見たことも聞いたこともないという。

王宮にある文献にも載っていないそうだ。

「それにしても、なぜ今まで黙っていたのだ？」

「《農民》なら戦場に行かなくてもいいかと思いまして」

「では今になって明らかにしたのは？」

「臼井が行くなら俺も行くしかないかと」

嘘は言っていないぞ。

ただし最大の理由は、やはりすでに本体がこの国から脱出したことだ。

まだまだ色々と怪しいこの国ではあるが、俺はあくまで分身４号。

本体さえ死ななければ、分身は幾らでも増やすことができるからな。

４号の俺は《農民》のフリをしているより、この国の敷いたレールに乗っかっておいた方が良いかと思ったのだ。

……そうすれば不適合勇者として処分される危険性もなくなるしな。

ところで、その本体だが。

どうやらそろそろ王都に着く頃みたいだぞ。

◆　◆　◆　◆

どうも、本体です。

聖公国を脱出した俺は今、ウスラ王国南端にある小さな都市にやってきている。

目的地はこの国の王都だ。だが王都は国のほぼ中央部にあって、徒歩で移動したら一週間近くはかかるらしい。

もちろんそんなしんどいことはごめんなので、俺は2号を通じて移動手段を手配していた。

2号は今、王都で商売をやっている。

かなり順調で結構稼いでいた。そして本体である俺のために、安全で快適に生活できる拠点を王都に用意しているのである。

はっはっは、やっぱり持つべきものは分身だな！

ちなみに俺は分身のように、〈変装〉スキルで顔を変えてはいない。

何となく抵抗があったんだよな……。

要は整形みたいなものじゃん？

いや整形が悪いとは言わないけどさ、何か自分が自分じゃないみたいな気がするし……。

分身だと別に抵抗はないんだが。

それに、確かに俺はイケメンではないが、そんなに不細工なわけでもないしな。顔の造り的には。

笑い方とかがキモイって言われるけど。

多くのラノベ主人公たちのように、きっとこの普通の顔でもいずれ美少女ヒロインが現れてくれるに違いない！

そんなこんなで、指定された時間に都市の外で待っていると、不意に頭上に影が差した。

それはドラゴンの亜種、ワイバーンだった。

全長三メートル近い巨体が、巨大な翼を広げて悠々と滑空している。

ワイバーンは危険度C上位の魔物だ。

個体によっては、危険度Bに指定されることもあるという。

もしあれが都市の方を襲ったら、大騒ぎになることだろう。

そのワイバーンがゆっくりと下降してくる。

背中に人が騎乗していた。

背の高い、シャープな顔立ちの美女で、やや癖のある長い栗色の髪を風に靡《なび》かせている。

俺の姿を確認し、彼女は当惑気味に尋ねてきた。

「あなたがシノブ様ですか……？」

「ああ、そうだ」

「……わ、私はシーノ様のメイドを務めております、エルザと申します」

うん、知ってる。

なんたって君の主人、俺だからな。

君が元々エリーゼという名前だったことも知ってるぞ。

そんでもって、シーノというのは2号の変名。

もちろん〈変装〉によって彼もイケメンに姿を変えていた。

彼女は俺の命を受けて、俺をここまで迎えに来てくれたのだ。……って、随分と奇妙な表現だな。

ちなみにワイバーンは、一部の貴族や大商人が馬車代わりに使っている非常に高価な移動手段である。

『（2号）そこから王都までは、馬車でも数日はかかる、だが空からなら数時間だ。かなり値は張るけどな』

「さすが、いい仕事をするな、２号」

俺だけど。

ワイバーンの背には鞍が装着されていて、あの上に乗って移動することができる。

巨大なワイバーンとは言え、背中のスペースは限られていた。

前後に置かれた鞍と鞍の距離は近くて、必然的に御者と乗客は密着するような形になりそうだった。

くくく、ちょっと誤って胸を揉んでしまうくらい、仕方がないよな？

などと内心でニヤついていると、

――がしっ。

「え？」

どういうわけか、俺の身体はワイバーンの前脚でがっしりと摑まれていた。

そのままの状態でワイバーンが再び空へと上昇していく。

「では、出発いたします」

「ちょ、ちょっと待てぇぇぇぇっ⁉　普通、鞍の上に乗るもんだろ⁉　何で俺、足で捕獲されてんの⁉」

「罪人の輸送などに利用されることもある、正しい乗り方の一つです」

「今、罪人って言ったな⁉　俺は罪人じゃねぇ！」

「暴れないでください。万一、落下して死なれても責任は取りかねます」

「そこは責任取れよ⁉　ぬおおおおっ⁉」

ぐんぐん空へと舞い上がり、ワイバーンが物凄い速度で空を飛ぶ。

まるでジェットコースターだ。

「ぎゃあああああっ！」

俺の悲鳴が大空に轟き渡った。


「到着いたしました」

「ひ、酷い目に遭った……」

数時間かけて、ようやく地獄の空の旅から解放された俺は、ふらふらと大地に腰を下ろした。

ああ、地面が懐かしい。

ていうか、まさかあんな移動方法を使われるとは思ってもみなかった。

俺さ、ワイバーンで丁重に迎えに行ってくれって言ったよね？

いや丁重にとまでは言ってないけどさ、相手は君のご主人様の〝兄貴〟なんだぜ？

普通に考えれば分かるだろ？

ここは王都から少し離れた場所にある、飛竜専用の離着場だった。

と言っても、何もない平原に、ちらほらと待機中のワイバーンがいるだけの随分と簡素なものではあるが。

視線を転じると、王都を取り囲む立派な城壁が見える。

「それではこれより、屋敷へとご案内させていただきます。……が、一つだけ忠告を」

エルザはこちらを振り向き、蔑むような視線を向けてきた。

「残念ながら、私は身も心もご主人様だけのものです。たとえ卑猥で不愉快な視線をお向けになっても、ご期待には応えかねますので、あしからず」

お、おう……。

どうやらこの元騎士ちゃん、ご主人様以外には懐かない子らしい。

「こちらの屋敷です」

エルザに案内されて辿り着いたのは、王都の高級住宅地の一画に建てられた屋敷だった。

かなりの豪邸だ。

2号を生み出して、まだせいぜい二か月程度。

それなのに、もうここまでの成功を収めたのだ。

すげぇな、2号……まぁ俺だけどね？

「「お帰りなさいませ」」

屋敷に入ると、メイドたちがお出迎えしてくれた。

彼女たちは全員が奴隷として2号に買われた身である。

それにしてもマジで美人ばっかりだな。このメンバーで日本でアイドルグループを結成したら、大ブレイク間違いなしだろう。

さすがは俺。

エルザといい、このメイドたちといい、粒選《よ》りばかり揃えやがって。

だが俺も今日からこの屋敷の住人。

この可愛いメイドちゃんたちにお世話してもらいながら暮らすのだ。

しかも2号より俺の方が偉いからな？

2号の物は俺の物、俺の物は俺の物である。


「レナさん、部屋の準備はできましたか？」

「はい！　ばっちりです、エルザ様！」

「よろしい。……では、クズ――シノブ様、こちらへ」

エルザが俺を促す。

きっと屋敷内でも最高の部屋を宛がってくれているのだろう。って、あれ？　今、名前呼ばれる前に微妙に何か言われなかったか？

エルザの後についていく。

外から見ても大きかったが、屋敷内を歩いているとそれ以上に広く感じられる。

「こちらです」

彼女は階段を下りていく。

俺もそれに続いた。

ひんやりとした薄暗い場所へと出た。

恐らく地下だろう。

「こちらがシノブ様のお部屋になります」

エルザが足を止めた。

「おおっ、これが俺の部屋……」

部屋の中へと足を踏み入れた俺は、思わず感嘆の声を漏らした。

くすんだ石壁に囲われた、圧迫感すら覚える六畳ほどの狭い空間。

窓はなく、空気は澱《よど》んでどこか黴《かび》臭い。

木製の低い机のようなものが置かれていて、これがベッドのつもりなのか、上には毛布が一枚だけ載っている。

空間の隅には、何に使うのか想像したくない汚らしい壺があった。

王宮で宛がわれていた、豪華ではあるがどこか落ち着かないあの広い部屋とは違う。

ここならきっと、心安らかに生活が――

「――できるかい！　なんじゃこの部屋は！　ほとんど地下牢じゃねぇか！」

「いえ、地下牢ではありません。元々は倉庫として使われていました」

「倉庫かよ！」

淡々と応じるエルザへ、俺は大声でツッコむ。声がわんわんと反響した。

「もっといい部屋を寄こせよ！　どうせ余ってんだろーが！　そもそも賓客《ひんきゃく》に対してこの扱いは

ねぇだろ！」

俺が要求すると、エルザは「はぁ？」という剣呑《けんのん》な顔をして、

「賓客？　何を御冗談を。ご自身では一切働かずにギャンブルと女遊びに耽って多額の借金を作り、その度に弟のシーノ様に大金を借りては未だ返さず、挙句の果てには暮らす場所もなくなってしまったからと平然と居候《いそうろう》を要求する始末。そのような人間でも血の繋がった兄だからと、聖人めいた慈しみからシーノ様がこうして寝る場所を用意してくださったというのに、まさかこれでもまだご不満があると？」

え？　何？　俺、そういう設定になってんの？

そりゃダメ人間だわ。

「そのような戯言は、せめてご自身で銭貨の一枚でも稼いでからにしてください」

ぴしゃりと言い捨て、エルザが踵を返す。

その去り際、

「えさ——食事は朝、夕と一日二回、メイドに運ばせますので、ぜひシーノ様に感謝しながら召し上がってください」

今、餌って言ったよな!?　しかも一日二食かよ！　三食ちゃんと食わせろよ！

エルザが階段を上がっていく足音が聞こえなくなった後、俺は2号に訴えた。

「おい、2号。何でこんなことになってんだろうな？」

『(2号) いや、俺にもさっぱりだ。働きたくない兄をうちの屋敷で養うからお世話を頼むって

言ったら、こうなったとしか。……まぁエルザは結構、思い込みの激しい奴みたいだしな』
「思い込み？　あんなレベルの思い込み、あるか？　それってメイドとして大丈夫なのか？」
『(2号) まぁあいつはメイド（物理）だからな』
それはどう考えてもメイドじゃない。

そんなエルザは今、バックから俺に突かれてアンアン喘いでいた。

「あっ……んっ……シーノさまぁっ……」

「エルザは相変わらずエッチだ。こんな格好で嬉しそうに哭《な》いて」

「あんっ……い、意地悪なことっ……んっ……言わないでっ……んぁっ……くださいっ……」

髪を振り乱し、エルザは自らも積極的に腰を振る。

「ああっ……いいっ……ご主人さまのがっ……私の奥の奥まで突いてっ……んはっ……も、もう、ダメ……い、逝きそうですっ……」

ご主人様に愛され、秘部はぐちょぐちょに濡れまくっていた。

くくく、その大好きなご主人様は、昼間お前が冷たく扱っていたシノブ様なんだけどな。

2号のそれへと姿を変え、本体の俺はエルザで楽しませてもらっていた。

ちなみに2号はと言うと、あいつはあいつでメイドの一人とお楽しみ中である。

『最高だな、この屋敷』

『(2号) だろう？』

◆　◆　◆　◆

本体の俺がウスラ王国の王都にやってきて、そろそろ二か月が経つ。

じめじめした地下室での生活にも随分と慣れつつあった。

俺はベッド（というか、ただの机と毛布）に寝転がりながら、大声で笑う。

「ぎゃははははっ！　この漫画マジ面白れぇ！　日本で売っても普通にヒットするんじゃね⁉」

なんと、この世界にも漫画があったのだ！

もしかしたら、過去に俺のような異世界人が持ち込んだのかもしれない。

装丁は日本のものと比べるとチャチなものではあるが、しかし中身はなかなかレベルが高かった。

とりわけ、その破天荒さが面白い。

この世界そのものがファンタジーだからか、発想がとても自由なのである。

最近ではお気に入りの漫画がかなり増えてきていて、狭い地下室にはすでに二百冊近い漫画が積み上がっている。

「ひはーっ、面白かった……。ん？　続きはまだ出てないのか。このシリーズも全部読んじまったし、また新しいシリーズでも追い掛けるか」

しかしそれにしても――

「やべぇなここでの生活……快適過ぎるだろ」

当初は薄汚い地下室なんか宛がいやがってと思った俺ではあるが、今ではここが天国のように感じている。まさに住めば都というやつだな。

ちなみに2号側から言ってみても、「シーノ様はお兄様のことを甘やかし過ぎです」と言って聞かないので、部屋を移ることは諦めた。

危険なダンジョンに潜って、怖ろしい魔物と戦う必要もない。

生徒どもから嘲弄や悪意の視線、罵倒を受けることもない。

好きな時間に寝て起きて、好きなだけだらだらして、何もしなくても一日二回ご飯を食べることができるのだ。

しかも毎晩、美人メイドたちとセックスできる。

「ああ……ダメ人間になりそう……」

「もはやすでにダメ人間の完成体かと思われますが？」

俺の呟きに、辛辣なツッコミが入った。

ベッドに寝転がったまま振り返ると、冷たい表情をしたエルザが部屋の入り口から一歩下がった位置に立っている。

「……この部屋、酷いニオイなのですが？」

エルザが露骨に鼻を摘まみながら言ってくる。

「そうか？　まぁ窓がないしなー」

「最後に掃除をされたのは？」

「そもそも掃除をしたことなんてあったっけ？　……うん、ないな」

エルザの視線が汚物を見るかのようなものになった。

仕方ないな。後で分身を使って掃除しておこう。

「……はぁ」

エルザが深々と溜息を吐いた。

「シノブ様。そろそろ働く気にはなりませんか？」

「働いたら負けだと思ってる」

あ、やばい。エルザから凄まじい殺気が。

「シーノ様のためにも早く仕事を探してください」

言って、エルザは書類の束を地面に置いた。

求人情報だ。

「シノブ様のような、無気力で何の取り得も無い方でも始められるような、難易度の低い仕事をピックアップしております」

そりゃどうも、いつもわざわざありがとうございます。

エルザはこんな風に時々、俺に求人情報を持ってくるのだ。

どうやら2号の兄である（ことになっている）俺がダメ人間のままでは、2号の沽券《こけん》に関わると考えているらしい。

ていうか、俺だって別に働いてないわけじゃないのよ？

むしろ誰よりも働いていると言っても過言ではない。

この二か月の間に、俺は新たに永続分身を十一体も増やした。つまり現在、俺の分身は十五体もいる。

この十五体が、各地でそれぞれ動いているのである。

もちろん分身は、本体である俺の一部。

すなわち俺は、毎日だらだら何もしていないように見えて、なんと十五人分もの労働を熟しているのだ！

「こう見えて俺、世界を動かしているんだぜ？」

「ファイアボール」

「うわあああっ！　やめて！　漫画燃やさないで！」

いきなり火魔法をぶっ放すとか、エルザさん、マジ容赦ねぇ。

ちなみに彼女、《魔導騎士》とかいう上級職らしい。

地方の田舎貴族の家に生まれたそうだが、その実力を買われて王宮に騎士として仕えていたという。

しかし冤罪によって処刑されかけていたところを、2号が助けたのである。

「こんなものがあるからいけないのです。そもそも一体どこから手に入れているのですか？」

〈アイテムボックス〉を通じてです。

「くそっ、漫画がないとめちゃくちゃ暇じゃねぇか！」

エルザが去った後、俺はベッドに寝っころがったまま悪態を吐いた。

結局、漫画はすべてエルザに没収されたのだ。

「はぁ……久しぶりに外にでも出るかな～……」

そう言えば、もうかなり長い期間、この部屋からすら出ていない気がする。

最近は部屋の隅に置かれた壺で用を足してるしな。

回収を担当しているメイドさんの嫌そうな顔を見たくてさ。

あれだけでご飯三杯はいける。

なおそのメイドさんとも何度かヤった。

てか、屋敷の外まで出たのは、この二か月でまだ二回くらいしかない。そのどちらも、エルザに無理やり仕事の面接に行かされたのだ。もちろん落ちた。

いつの間にか、俺も立派な引き籠《こも》りである。

ふとそのとき俺はあることに気がついた。

「あれ？〈変装〉スキルがちょっと進化してね？」

身長や体型まで変化させることができるようになって以降、長らく成長が見られなかったのだが、いつの間にか新たな力を手に入れていたらしい。

スキルの効果については感覚で理解できるのだが、その新たな力というのは、

――性別、種族を変えることができる。


うん。これはあれだな。

せっかく新しい能力を得たんだし、試してみなくちゃ損だよな？

いやいや別に女になってナニをするって訳じゃないぜ？

ただき、ほら、一応どれくらいの性能なのか確かめておくべきだろ？

もしかしたらナニかの役に立つことがあるかもしれないしな。

というわけで、俺は〈変装〉スキルで女になってみた。

胸が膨れ上がり、股間に生えていたはずのアレの感覚が消失する。

ズボンを脱ぎ脱ぎ。

パンツも脱ぎ脱ぎ。

「おおっ……」

穴だ。

穴がある。

間違いない。完全無欠の女だ。

「……い、いや待て。確かに見た目は女になったかもしれんが、機能までは女になってないかもしれないぞ。うん。そうだ。……た、確かめてみる必要があるよなっ！」

自分の指で愛撫してみた。

「はふんっ」

俺は久しぶりに屋敷の外へと出た。

俺自身は王都内を歩いたことなどほとんどないのだが、この街を拠点にビジネスをしている分身経由で知識が入っているため、目的地へのルートは完璧に把握していた。

ただしあえて屋敷のメイドさんに道順を訊いてみた。

すっごく嫌そうな顔をしながらも親切に教えてくれました。

屋敷のある閑静な高級住宅地から出る。

すると一気に雑多な街並みへ。

狭い土地の中に大勢の人間が住んでいるため、建物が密集しているからだ。細い路地があちこちに張り巡らされていて、大通りから一歩でも中に入るとすぐに迷子になってしまいそう。

やがて俺が辿り着いたのは、

「銭　湯　！　」

そう。銭湯である。

中世ヨーロッパ風の世界でありながら、ここ王都にはこうした公衆浴場が幾つもあるらしい。

その辺は古代ローマっぽいな。

もちろん入るのは女湯だ。

だがいつものように〈隠蔽〉を使い、姿を隠したりするつもりはない。

せっかく〈変装〉スキルで性別すらも変えることができるようになったのだから、それで堂々と入ってやるのだ！

俺は近くの路地へと入った。

右、左、そして前後。誰も見ていないことをしっかり確認してから、俺は女へと変態、じゃない、変身する。

近くの窓ガラスに自分の姿を映した。

そこにいたのは、まさしく絶世の美女と化した俺だ。

よし、ちゃんと体型や性器も女性のものへと変化しているぞ。

そのときだった。

「へー、あんた、面白いスキル持ってんじゃん」

頭上から降ってきた声に、俺はびくりとして天を仰《あお》ぐ。

二階建ての建物の屋根の上。

そこに一人の少女が腰掛け、俺を見下ろしていた。

南国の海を思わせる、明緑色《エメラルドグリーン》の長い髪。

華奢な身体に纏っているのは、清楚なワンピース。

見た目の年齢は十二、三歳くらいか。

しかし浮かべている笑みはマセていて、その瞳は俺を鋭く射抜《いぬ》いていた。

まさか、変身するところを見られてしまった……っ!?

さすがに頭上までは注意をしていなかった。

最悪なミスだ。

「な、なんのこと、かしら？」

しらばっくれる。今の俺は女の姿をしているため、頑張って女の言葉使いをしてみたのだが、物凄くぎこちなかった。

「誤魔化しても無理だってば。冴えない男が美少女に変身したの、この目でしっかり見てたから」

ダメだ……。

どうやら完全に目撃されていたようだ。

しかし幸いなことに、まだ俺は何もやっちゃいない。

今からここの銭湯に入ることはできないかもしれないが、この街には他にも銭湯が沢山ある。また別の女に姿を変えれば問題ないだろう。

俺がそう思案していると、

「ねぇあんたさ、もしかしてあたしの姿にも変身できる？」

不意に笑みを引っ込め、少女がどこか真剣な声音で訊いてきた。

もちろん可能だが、そんなことを教えてやる義理は無い。

「さあな」

「……」

少女は疑り深い目で、じっと俺を見下ろしてきている。

こいつ、厄介だな……。

どうもただの子供じゃなさそうだ。

これ以上、こいつと話を続けるのはやめた方がいい。

俺の直感がそう警鐘を鳴らしていた。

俺はすぐさまこの場から離れようとする。〈隠密〉スキルを持つ《忍者》にとって逃走はお手のものだ。

「あんた、あたしの身代わりになりなさい」

だがそう少女が命令口調で言い放ってきた、次の瞬間だった。

背後に気配。

や、やばっ……仲間がいやがったのか⁉

トン、と。

首筋に衝撃を受けた。

漫画とかでよくある「首トン」だ。

ここで気を失ったらどんな目に遭うか分からない。

俺は唇を噛み、必死に耐えようとする。

だが我慢できるようなものではなかった。

視界が暗転していき、意識が急速に遠のいていく。

目が覚めると室内にいた。

しかもかなり広く、豪奢《ごうしゃ》な内装。調度品も明らかに高価な物ばかりだ。

絨毯は毛足が長くふわふわで、適当に転がされているにもかかわらず気持ち良かった。

どこだ、ここは……？

「ようやく起きたみたいね」

重たい頭で困惑していると、声がかけられる。

視線を向けると、そこに明緑色の髪をした少女がいた。

「あっ、お前……」

思い出した。

俺は変身するところを見られてしまい、恐らくはこいつの仲間から「首トン」を喰らって意識を失ってしまったのだ。

だが今は少女と二人きり。

拘束されておらず、いつでも逃げることができそうだが……。

と、そこで俺は手首に腕輪のような物を嵌《は》められていることに気づく。

「気を付けた方がいいわ。それは隷属の腕輪。あんたのご主人様であるあたしの命令に逆らったり、危害を加えようとしたり逃げようとしたりしたら、死ぬから」

マジかよ。

嘘……ではないだろう。

はったりを言っているようには見えない。

「お前、何者だよ？」

俺は少女を睨んで問う。

少女はふん、と鼻を鳴らして、

「この状況で随分と偉そうじゃない。……まあいいわ。あたしの犬になったあんたに、記念として教えてあげるわ。あたしの名はソフィア＝フレア＝エメルディア。この国の《巫女》よ」

《巫女》……？

って確か、神々の声を聞いたり、その神力を行使したりできるという特殊な天職だ。

つまりこいつ、あの聖公国のファーラとやらと同じ天職ってことか？

ここウスラ王国においても、《巫女》の権威は非常に高いらしい。

神々の代弁者なのだから当然だが、その言葉には王侯貴族ですら無条件で従わせるほどの力があるという。

まさかその《巫女》が、こんなガキだっていうのか……？

しかも俺を拉致しやがるとは。

「《巫女》って、ロクな奴がいねぇんだな……」

俺のその呟きに、ソフィアとかいう巫女が反応した。

「どういうことよ？　あんた、あたし以外の《巫女》に会ったことあんの？」

ソフィアが相変わらず偉そうな口調で訊いてくる。

……うーむ。

果たして、どこまでこの女にしゃべっていいものだろうか？

もしこいつが本当に《巫女》なのだとすれば、聖公国の王女の情報を得ることができるかもしれない。

「いいや。……聖公国のお姫様を遠目で見たことがあるくらいだ。以前、聖公国に住んでいたんでね」

結局その辺りで誤魔化すことにした。

実際、聖公国からこの国へと移住してきた人は少なくないという。俺がその一人だったとしても、何ら不思議ではないだろう。

「はっ、あんなのが《巫女》なわけないでしょ」

ソフィアが吐き捨てるように言ったその言葉には、さすがの俺も驚きを禁じ得なかった。

「あんなの偽者よ」

◆　◆　◆　◆

「《巫女》じゃ、ない……？」

「ええ、間違いないわ。あれは偽者よ」

何を根拠に言っているのか知れないが、自称・《巫女》は確信を持った様子で断言する。

目の前の少女自体が本当に《巫女》なのか、俺には分からない。

だが、もし彼女の言っていることが真実だとすると、俺は今、非常に重要な情報を摑みつつあることになる。

「ほ、本当に偽者なのか？　じゃあ、あの国の人間たちは騙されているってことか？」

「ていうか、あんたにそこまで答えてやる必要なんてないんだけど？」

くそ、それくらい教えてくれたっていいじゃねーか。

サービス精神の薄いガキだな。

「……お前は俺に身代わりになれって言ったよな？　これは俺の勘だが、それには偽者の《巫女》が関わっているんじゃないのか？　だとすれば、俺にだって知る権利はあるはずだ。……自分が死ぬ原因くらい、知っておきたいしな」

「ふん、すでに死ぬ覚悟ができてるなんて、意外と殊勝じゃないの」

まぁ死ぬつもりはないけど。

「いいわ、仕方ないから教えてあげる。感謝なさい」

と、ソフィアは上から目線で頷いて、

「来月二十日は、十年に一度の〝聖戦の日〟よ。その日、あたしは戦いの女神であるセラの神意を聞くため、聖公国領からほど近いところにある神殿に赴くわ。そうすれば、あの王女が偽者であることを証明することができる」

「……そうさせないため、間違いなく偽者からの妨害が入るってことか」

「そうよ。逆に偽者にとっても、あたしという本物の《巫女》を殺す絶好のチャンスってわけ」

なるほど、だから身代わりか。

もしこれが本当の話であったとして、上手くいけばあの王女の正体を暴くことが可能になるというわけだ。

いやー、やっぱ怪しいと思ってたんだよな、あの王女。

……あれ？

でもあの王女が偽者だとすれば、どうやって勇者召喚ができたんだ？


「ほら、あたしそっくりに変身してみなさい」

ソフィアが居丈高《いたけだか》な態度で俺に命令してくる。

「へいへい、分かった分かった。ただ……俺の変身には制限がある。体型や背丈は多少なら変化させることは可能だが、さすがにそこまで小さくなることは難しいぞ」

俺の身長は百七十ジャスト。

一方、目の前のチビっ子の身長はせいぜい百四十強といったところ。さすがに三十センチ近い差を埋めるのは、〈変装〉スキルでも難しい。……今のところは。

「な、何よっ？　あたしがチビだって言いたいの⁉」

現にチビじゃねーか。

俺は実際に〈変装〉で容姿をソフィアと瓜二つに変えてみた。

背丈も可能な限り低くしてみる。

「これが限界だな」

頑張って百六十センチといったところか。

これではさすがに怪しまれる。

「っ！　いいわね！　それで行きましょ！」

だが半端に変身した俺を見て、ソフィアは目を輝かせながら手を叩いた。

「いや、身長が……」

「大差ないわ！　ほ、ほらっ……そんなに変わらないし！」

めいっぱい背を伸ばし、苦しげにしながらもチビ《巫女》はそう言い張る。

「背伸びすんなって。母娘くらい差があるだろーが」

「あたしは子供じゃないっての！」

どう見ても子供ですやん。

「あたしは十八よ！」

「はぁっ？　じゅ、十八でその体型だと……？」

俺は痛ましげな視線で彼女の身体を上から下まで眺め見る。

ちんちくりんの見事な幼児体型だった。

まぁ、1号のパーティにいるレーシャよりはマシかもしれないが。

「う、うっさいわね!?　あたしはまだまだこれから成長するんだから！」

いやー、さすがに無理じゃないか？

「と、とにかく！　あたしが最後に公に姿を見せたのは今から五年前のことよ。その頃から立派な大人のレディに成長してるはずだし、その身長で問題なし！」

実際には五年経っても子供のままだったわけか……可哀想に。

「ちょ、人をそんな哀れみの目で見るなってば！　……あ、あと！　む、胸ももう少し大きくしておきなさいよ！」

「そこも拘《こだわ》るんか……」

胸の大きさを変えるくらいなら朝飯前だ。俺は真っ平らだった胸部を、Ｂカップくらいにまで膨らませた。世の女性たちが泣いて羨ましがりそうな能力だな。

「……もうちょっと大きい方がいいわね」

「お前はどこまで詐欺《サギ》るつもりだ」

最近は写真を加工して胸の大きさまで変えることができるそうだが、まさか異世界で似たようなことをさせられるとは思わなかった。

俺はＤカップまで持っていった。

ソフィアはそれに満足したようで、

「いいわね！　それでこそ、まさにあたしよ！」

全然違うと思う。

「にしても、驚くほどの再現性ね。《奇術師》の〈変装〉スキル。話には聞いていたけど、実際にいた。

「見るのは初めてよ」

俺が眠っている間に、こいつは俺のステータスを鑑定具で調べたのだろう。

だが実は眠らされる寸前、俺は〈隠蔽〉スキルを使うことで自分の天職を《奇術師》と偽っておいた。

どうやら《奇術師》もまた忍者と同じく、〈変装〉というスキルを有しているそうなのである。

珍しい天職ではあるそうだが、上級職というわけではなく、戦闘力にも乏しい天職らしい。

「本当にあたしにしか見えないわ」

うんうん、と何度も頷くソフィア。よっぽど気に入ったらしい。

ふと、悪戯心が湧いてきた。

俺は両手を顔まで持ってきて、指で顔を弄った。

「変顔」

「ちょ、何してんのよ!?　あたしの顔で遊ぶんじゃないっての！」

「変顔、パート2」

俺はさらに別の変顔にチャレンジする。

しかし鏡がないから、どんな顔をしているか分からないな。

「……お仕置き」

「ぎゃ!?」

突然、全身に衝撃が走った。

どうやら隷属の腕輪から電流が流れたらしい。

「って、あたしの顔をして汚い悲鳴を上げないでよ！」

「今のはお前がやったんだろうが⁉」

「あんたが人の顔で遊ぶからよ！」

「変顔、パート３」

「ぶふっ……」

おっ、どうやらかなり面白かったらしい。こいつ、吹き出したぞ。

「って、やめろっての！　いい加減にしないとぶっ殺すわよ⁉」

「分かった。顔はやめる。……もみもみ」

「ひ、人の胸を揉むなぁぁぁっ！」

お前のじゃねーだろ。

「はぁはぁ……ふ、普段は変装禁止よ！　あんたがその姿のままだと、変なことしそうだし！」

「へぇ？　変なことって、例えばどんな？」

「そ、それは……その……あ、あたしの身体を使って………」

「ん？　聞こえないなぁ。お前の身体を使って、ナニをするって？」

「だ、だから……その………って！　何を言わせようとしてんのよ、このバカぁぁぁっ！」

「ぎゃあああああ」

そんなわけで、俺は奴隷にさせられたのだった。

第八章 全身鎧のゴブリンスレイヤー

本体が2号の屋敷でぐうたらな日々を過ごしている頃——

十二番目に生み出された永続分身、すなわち12号であるところの俺がやってきたのは、マラスという都市だった。

リンハットと比べれば小さな町である。

それでも一応、冒険者ギルドがあるらしく、俺はしばらくここを拠点として冒険者をやるつもりだった。

リンハットには1号がいるしな。2号が展開している事業のことを考えても、できる限り拠点は散らしておいた方がいいのだ。

同じく冒険者の道を進んだ1号は今、女冒険者たちと毎晩のように4Pをしている。

「俺もここで可愛い女冒険者たちと出会って、ハーレムパーティを作るんだ」

そう意気込んで、ギルドへと向かう。

もちろん俺も〈変装〉スキルで顔を変えている。東洋風の、しかしのっぺり醬油顔ではない、しっかりした目鼻立ちのイケメンにした。

これで俺も女冒険者たちからモテモテに違いない。

「って、ボロっ……」

ギルドの建物の前まで来て、俺は思わずそう零してしまった。

築ウン十年は経ってそうな、古い木造の建物だった。外壁はつる草に覆われているし、よく見ると微妙に傾いている気がする。

リンハットにあるギルドは瀟洒《しょうしゃ》な煉瓦《れんが》造りの建物だったが、それとえらい違いである。

ギィと軋《きし》む音を響かせながら、俺は扉を開けて中に入った。

瞬間、アルコールの臭いが鼻を突いた。

どうやら酒場と一体になっているらしい。というより、酒場をそのままギルドにも利用しているといった方がいいかもしれない。なにせ酒場のカウンターがメインで、その隅っこの方にギルドの受付らしき場所がある。

さすがに昼間だからか、薄暗い店内にはまるで客がいなかった。

薄汚れた格好の老人が一人、隅っこでちびちびと酒を呷《あお》っているだけだ。

「えっと……冒険者登録したいんだが」

俺が声をかけると、顔を俯けて物書きをしていた受付の女性が、ぱっと顔を上げた。

お、意外と可愛い。

やや赤みのある長い髪に、くりくりとした円《つぶ》らな瞳。頬はふっくらとしていて、口元の黒子《ほくろ》に愛嬌がある。

年齢はまだ十代だろう。田舎の町娘という感じだが、素材は悪くない。

もちろんエルフの美貌とは比べるべくもない（まだ会ったことないけど）が、こんなぼろいギルドだからとまったく期待していなかった割には、受付嬢のレベルは高かった。

「とと、登録ですかっ？」

「あ、はい」

「ありがとうございます！」

受付嬢はカウンターの向こうから身を乗り出してきて、いきなり俺の両腕をがしっと摑んだ。

「ありがとうございます！　ありがとうございます！　ありがとうございます！」

なぜか目尻に涙まで浮かべて、彼女は何度もそう繰り返した。反応が大袈裟《おおげさ》すぎるんだが……嫌な予感しかしない。

「実はこのギルド、赤字続きでこのままだと閉鎖されてしまうところだったんです！　この都市を拠点にしている冒険者が一人しかいなくて……っ！」

「よし。やっぱり別の都市で冒険者になるか」

俺は踵を返した。

冒険者が一人じゃハーレムを作ることができないもんな。

「待ってくださいぃぃぃぃっ！」

受付嬢はカウンターから飛び出し、俺の腰に抱きついてきた。

「登録だけでも！　せめて登録だけでも！　ギルド証は全国・全世界のギルドで利用できますから！」

俺は仕方なく向き直る。彼女は安堵《あんど》の息を吐きながらカウンターの向こうへ戻っていった。

「本当に登録だけだぞ？」

「はい！　ついでにちょっと依頼を一つ二つ、受けていただけたら嬉しいです！」

「帰る」

「嘘ですごめんなさい待ってください！」

受付嬢はまたカウンターから飛び出して、俺の腰に抱きついてきた。身体張ってんな……。

「いや、ちょっとくらいなら受けてもいいけどさ」

元々そのつもりだった。今のはただの冗談だ。

現在、俺は無一文だし、このままだと宿に泊まれない。それに、早く自給自足ができるようにしないと、いつまでも食いたくないものを食い続ける羽目になる。

食糧は他の分身から〈アイテムボックス〉を通じて確保できるのだが……やつら、嫌がらせのように自分の嫌いな食い物ばかり寄こしやがるのだ。

マジで親の顔を見てみたいわー。

「ほんとですか!?　って、だったら意地悪しないでくださいよ！」

さっき抱きつかれたとき、胸が当たって気持ち良かったからもう一回と思って。

「えっ？　すごい！　天職持ちじゃないですか！」

受付嬢は俺のステータスを見て声を上げる。

俺は今、〈隠蔽〉スキルによって天職を剣士にしていた。

「……ああ、この人がこの街で冒険者やってくれれば……………こうなったら、力ずくでも引き留めて……」

　ぶつぶつと呟く受付嬢。

　聞こえてるからな？

　それから受付嬢は手際よく登録を終えてくれた。

「あ、申し遅れましたが、わたしはルナと言います！　これから末永くよろしくお願いしますね、ダースさん！」

「ああ、短い間だがよろしくな」

　ちゃっかり末永くとか言ってきやがったので、言い直してやった。ちなみにダースというのは、俺の偽名。なぜなら12号だから。安直だな。

　と、そのとき、ギィという音が響く。

　客が入って来たのだろうか。

「あ、ライナさん、お疲れ様です！　ダースさん、あの方が今までたった一人で頑張って下さっていたライナさんですよ！」

　どうやら先ほど言っていた唯一の冒険者とやらが来たらしい。

　どんな奴なんだろうか。

　このギルドの有様を見る限り、残念ながら可愛い女冒険者という可能性は低いだろう。

　だがそうと分かっていても、一縷《いちる》の望みとでも言うのか、少しくらいは期待してしまう俺がいた。

　なにせ、1号はいきなり当たりを引いたのだ。

俺にだって、そうした幸運が訪れてもおかしくない――

――そこにいたのは、ボロボロの全身鎧《プレートアーマー》を着た年齢性別容姿すべて不詳の、どう見ても不審者にしか見えない冒険者だった。


「よし、世話になったな」

「待ってくださいいいいいいっ！」

俺が立ち去ろうとしたら、ルナはまたもカウンターを飛び越えて俺の腰にダイブしてきた。

「……こいつ、何？」

ギルドに入ってきた謎の全身鎧を指して、俺は一応訊いてみる。

「ライナさんです！　うちの筆頭冒険者ですよ！」

「筆頭っていうか、一人しかいないんだよな？」

「違います！　今日から二人になりました！　一気に二倍です！　利益は三倍！」

「俺を勝手に加えんな。しかもちゃっかり俺の仕事量だけ多いのな？」

「と、とにかく、ご紹介しますね！」

ルナはワザとらしく目を逸らしつつ、

「こちらがライナさん！　Dランクの冒険者で、僅《わず》か二年で五千体もの魔物を狩った凄腕ですよ！」

五千体だと？　よく知らないが、結構すごい気がする。

けど、それでまだDランクなのか？

ガシャン、ガシャン、と歩くたびに金属音を響かせながら、そのライナとかいう冒険者が近づいてくる。

そして俺の目の前で立ち止まった。

全身鎧と言えば、体格のいい大男が身に着けているという勝手なイメージがあったが、目の前の冒険者はそれほど大きくはない。むしろ俺より少し小さいくらいだ。

「あー、どうも。たった今、冒険者になったばかりのダースだ」

「……」

「よろしくお願いします！」

ん？

「……こちらこそ、よろしく。……ところで、二年で五千体の魔物を倒したって聞いたんだが」

「……」

「はい！　その通りです！」

……んんん？

「それだけの実績があるなら、もうCランクに昇格していてもいいんじゃないのか？」

「……」

「残念ながら、ステータスにおける昇格基準に達していないんです」

なるほど……つまり、雑魚ばっかり倒してきたってことか？

物々しい格好をしているが、見た目ほど大したことはないのかもしれない。

って、そんなことより。

「何でさっきからお前が話してんだよ？」

「代弁です！」

「こいつ、今まで一言もしゃべってないよな？　挨拶すらしねぇし」

「シャイな方なんですよ！」

「程があるだろ！　会話すらできないとか、コミュニケーション取れねぇよ……」

「付き合っていると、だいたい何を考えているか分かってきますよ！」

「……じゃあ今、何考えてんだよ、こいつ？」

「うわーい、新しい冒険者だぁ、嬉しいなぁっ！　これから末永く一緒に頑張っていきたいなぁ！　って考えてます！」

「それどう考えてもお前だろ！」

……なぜ俺は今、異世界でコントをしているんだ？

と、そこで全身鎧は、ガシャッ、と音を立てながら右手を上げた。

「あ、依頼ですね！」

受付嬢は素早く反応すると、カウンターをひょいっと飛び越える。意外と身軽だ。

そして彼女が差し出した依頼の紙を全身鎧が受け取る。

俺は横から覗きこんだ。全部で三枚ある。


【定期依頼】マラス北の森のゴブリンの討伐【緊急度・低】

マラス北の森に棲息しているゴブリンの、定期的な駆除をお願いします。一体当たり銅貨二枚。

【定期依頼】マラス東南の森のゴブリンの討伐【緊急度・低】

マラス東南の森に棲息しているゴブリンの、定期的な駆除をお願いします。一体当たり銅貨二枚。

【定期依頼】マラス西の沼地のゴブリンの討伐【緊急度・低】

マラス西の沼地に棲息しているゴブリンの、定期的な駆除をお願いします。一体当たり銅貨二枚。


「ライナさん、どれにされますか？」

「どれも何も、全部ゴブリンじゃねぇか！」

俺は思わず割り込み気味にツッコんでいた。しかもどれも定期依頼だし、わざわざ依頼書出してくる必要がねぇ。

「このギルドにはゴブリン討伐以外の依頼は来ないのかよ……」

「ぎくっ」

「おい、お前。今、ぎくって言ったな？」

「ななな、何のことでしょう……？」

ルナはしらばっくれているつもりかもしれないが、完全に目が泳いでいる。

「い、一応、来ますよ……ゴブリン討伐以外の依頼も……そ、その…………月に一回くらいは……」

「よし、他の都市に――」

「ままま待ってくださぁぁぁいっ！」

それから詳しく問い詰めると、ルナはすべて白状してくれた。

どうやらこの都市の周辺に出現する魔物は、その大部分がゴブリンらしい。

そりゃ、五千体狩ってもDランクのままだろうよ。

召喚されたばかりの俺たちですら倒せたような雑魚なんだからな。

かつては近くに小規模なダンジョンがあったため、このギルドもそこそこ賑わっていたらしい。

だがそのダンジョンが何らかの原因で消滅。それ以来、依頼はゴブリンの討伐ばかりとなり、冒険者の数が激減したという。

「……もうこのギルド、潰れちゃった方がいいんじゃね？」

「だ、ダメですよっ！　わたしのお爺《じい》ちゃんとお父さんが二代に渡って運営してきたこのギルドには、大切な想い出がいっぱい詰まってるんです！」

「たった二代じゃん」

「酷い!?」

まぁしかし、今の俺は無一文だ。依頼を選《え》り好みできる立場ではない。

「はぁ……とりあえず、この依頼を受ける」

「あ、ありがとうございます！」

俺が引き受けたのは、マラス北の森に棲息するゴブリンの討伐だった。選んだ理由は、街から一番近い場所にあるというだけ。

そして長居は無用と、俺が早速出発しようとすると、

「あっ、待ってください！」

「まだ何か用か？」

「いえ、わたしではなく、ライナさんが！」

「……」

「ふんふん……なるほどなるほど」

ルナは、全身鎧に耳を寄せて何やら頷いてから、

「ライナさんが一緒に行くとおっしゃってます！」

「そうか。確かに、駆け出し冒険者一人では危険かもしれないな」

「そうですそうです！」

「――だが断る」

「何でですかぁっ⁉」

――断ったはずなんだが……。

俺は今、全身鎧の謎の冒険者ライナとともに、マラスの町から北へ数キロの位置にある森へと

やってきていた。

俺が断ったにもかかわらず、こいつは頑として一緒に行くと言って聞かなかったのである。

相手がゴブリンだとは言え、やはり駆け出し一人では心配だからだという。

いや、分身として生み出されたばかりとはいえ、俺、レベル20はあるからな？

一般人に少し毛が生えた程度の強さしかないゴブリンくらい、たとえ何匹いようが後れを取るはずも無かった。

あーあ。今頃、他の分身たちは美女とイチャイチャしてんだろうなぁ。

それに引き替え、俺はこいつだ。

くそ……この状況、他の連中に報告したら絶対笑われるに違いない。

隣を歩く全身鎧は、そんな俺の内心を馬鹿にするかのように、ガシャン、ガシャン、ガシャン、と大きな金属音が鳴らしている。

「その音、どうにかならないのか？」

「……」

「ゴブリンが集まってくるんじゃねーの？」

「……」

「何か言えよ」

「…………ゴブ……」

おおっ、今ちょっとだけしゃべったぞ!?

って、そのくらいで感動してどうすんだよ。初めて言葉を発した赤ん坊かよ。

と、そのときだ。

突然、全身鎧が足を止めた。

かと思うと、ガサガサガサと周囲の草むらがざわめき、何かが迫りくる気配。

直後、緑色の醜悪な身体をしたゴブリンたちが、次々と襲いかかってきた。

「って、多い⁉」

その数に、俺は思わず頓狂な声を上げてしまう。

パッと見ただけでも、ゴブリンは十匹以上……いや、二十匹はいる。

全身鎧はすでに腰から短剣を抜いていた。

俺もすぐさま鞘《さや》から抜き放つ。

剣を振るい、体術も駆使して応戦した。

しかし数匹倒したかと思うと、さらに新手のゴブリンが押し寄せてきた。ていうか、どんどん増えてきてる⁉　まるでイナゴの大群だ。気持ち悪い。

「くっ！」

一匹二匹ならまだしも、こうも群がられると対処は難しい。

ダンジョンでもこんな大量に現れることはなかったしな。

ゴブリンが手にした石斧《せきふ》や錆《さ》びた剣などによる攻撃を喰らい、俺は顔を歪める。ただ幸いなことにゴブリンは非力で、急所さえ避けていればダメージはさほどではない。

だが俺以上に、ゴブリン地獄と化していたのは全身鎧だ。

もはや緑色の波に呑み込まれ、姿が見えなくなってしまっている。

「おい、大丈夫か⁉」

「……」

返事がないただの屍《しかばね》のようだ。

「ギャ⁉」「ブギャ！」「ギョエ⁉」

いや、返事はないが生きているようだ。

ひっきりなしにゴブリンの断末魔の声が聞こえてくる。

ゴブリンに滅多打ちされながらも、あの全身を覆う鎧が身を護ってくれているのだろう。

逆にほとんど生まれたままの姿のゴブリンは、全身鎧の短剣の餌食《えじき》となり、次々と絶命していく。

それでもゴブリンは怯むことなく、攻撃の手を緩めない。

……アホなんだろうか？　あの全身鎧の上からでは、ロクにダメージを与えられないことくらい、分かりそうなものだが。

まぁゴブリンだしな。知能が低いから仕方ない。

俺と全身鎧の共闘（？）で、ゴブリンはどんどん数を減らしていく。

やがてゴブリンの加勢もなくなり、そこには凄惨な死体の山ができあがった。

「……」

ゴブリンの殲滅を終え、全身鎧が無言で短剣を腰の鞘に仕舞う。

「……ゴブリンを攻撃的にさせるニオイか何かを、その鎧に塗り付けているのか？」

俺は訊いた。

いくら何でも、先ほどのゴブリンたちの行動は異常だった。

彼らは目を血走らせ、この全身鎧をまるで親の仇《かたき》でもあるかのように執拗に破壊しようとしていた。逃げなかったのはアホだからではなく、そのせいだろう。

「……」

全身鎧は無言だったが、ヘルメットが小さく上下したようだった。

「……ま、助かったよ。……確かに、駆け出し一人では危なかったかもしれない」

俺は素直に礼を言った。

いやー、正直、俺、マジでゴブリン舐めてたわ。

まさか、あんな数で襲ってくるとは思っていなかった。もし俺一人だったとしたら、かなり苦戦していたかもしれない。

最悪、他の分身から経験値を借りるという手もあったが。

「俺のために一緒に来てくれようとしていたのに、あんなに無下《むげ》に断ってすまなかったな」

「……」

全身鎧のヘルメットが左右に揺れる。

気にしなくていい、ということだろう。

こいつ、意外といい奴なのかもしれない。

この見た目から正直ちょっと馬鹿にしていたのだが……やはり人は見かけで判断してはならないものだな。

と、そこで俺はふと気づいた。

「……って、そもそもこれだけ大量のゴブリンが出たのって、お前のその鎧のせいじゃねぇか⁉」

「……っ！」

「おい今、ヘルメットの奥で息を呑んだよな⁉」

むしろ疫病神でした。

俺はとっとと金を稼いで、できる限り早くこの都市を出ようと決意したのだった。

第九章 身代わり

俺（4号）は今、リオと戦っていた。

凄まじい火花と金属音を散らしながら、剣と剣をぶつけ合う。

彼の剣は一撃一撃が重く、まともに受けていると腕が痺れてくる。

《忍者》の筋力の成長速度はA－。《騎士》であるリオも同じだが、レベルの関係で俺の方が幾らか劣っているせいだ。

なので、その分を器用さと敏捷で補うしかない。

「はぁっ！」

「っと」

リオが繰り出してくる斬撃を一歩飛び下がって躱す。

すかさず彼は追撃を仕掛けてきた。

どうにか剣で受け止めるが、少々悪い体勢だったため、バランスを崩して後方に倒れ込みそうになる。

だがその瞬間、〈体術〉スキルを生かして、倒れ込みながら彼の顎下に強烈な蹴りを叩き込んでやった。

「がっ⁉」

リオは堪らず後方に引っくり返ってしまう。

「くっ……」

それでもすぐさま立ち上がろうとしたが、その前に俺が接近してその喉首に剣を突きつけていた。

「それまでだ。勝者はタケダ殿」

立ち会っていたサイバルが宣言する。

「す、すげぇ……リオさんを倒しやがったぞ……」

「マジかよ……」

俺とリオの模擬戦を見ていた生徒たちが、唖然としたようにそんな声を漏らす。

俺の天職が《忍者》であることを明かしてから、二か月。

ついに俺は、近衛兵の中でもサイバルに次ぐ実力を有するリオを追い抜いていた。

現在のレベルは39。

リオのレベルが45だが、俺の方は上級職だからステータス上は一部を除いて凌駕している。

総合力では上回っていた。

「す、すごいよ、しーく……」

「素晴らしいですわ、タケダ様!!」

俺のところに紗代が駆け寄ってこようとしたそのとき、割り込んでくる声があった。

この国の王女であるファーラだ。相変わらず煌びやかなドレスを着て、この汗臭い鍛錬《たんれん》場に見学に来ていたらしい。

彼女は顔いっぱいに笑みを浮かべ、俺の方へと近付いてくる。

「さすがは幻の上級職、《忍者》ですわ！　これほどまでお強くなるなんて！　わたくし、感動いたしましたわ！」

そしてそのほっそりとした手で俺の手を取ると、目を輝かせながら手放しの賛辞を送ってくる。

いやー、何なんですかね、この分かりやすい掌返しは？

以前は俺のこと、秘かに失敗勇者として見下してたよな？

「タケダ殿の成長には目を瞠《みは》るものがある。この調子であれば、私を抜く日もそう遠くはないだろう」

そう太鼓判を押してきたのはサイバルだ。

「しかし、さすがは勇者だ。様々な面で、我々の想像を大きく超えている。他の勇者たちも、我々よりもずっと成長速度が速い」

どうやら勇者というのは、単に恵まれた天職を与えられやすいというだけでなく、同じ天職でもより早く成長できるものらしい。

もちろん俺たちの場合、近衛隊の全面的なサポートがあったからというのも大きいのだが。

「タケダ様がいれば凶悪な魔族も怖くありませんわね」

王女はさらに俺のことを絶賛してくる。

周囲の男子たちの嫉妬の視線がさらに強くなった。

しかし、さすがに絶世の美女と形容してもいいだろうその容姿。

これほど至近距離で彼女から褒められると、さすがの俺もドキリとしてしまう。

「実は、そんなタケダ様にお願いしたいことがあるのですわ」

「は、はいっ」

王女直々《じきじき》の依頼に、俺は思わず首を縦に振った。

って、待て待て。

どういうことだ？　俺、この女のことは嫌いなはずなのに……なんだ、この感覚は……？

「では、わたくしの部屋に来ていただけますか？」

「へ、部屋に⁉」

「ふふ、ここではお話できないことなのですわ」

ないしょ、とでも言うかのように、指を唇に当てて少し蠱惑《こわく》的に微笑む王女。

な、何ですかね、ここではできない話って？　しかも王女様のお部屋って……。もしかして、あれですか？　エッチなお願いですか？

「しーくん……」

「っ……」

消え入りそうなほど小さなものではあったが、彼女の声で俺はハッと目が覚めた。

今、俺はどうなっていた？

この王女に魅了されかけていたのか？

……危ない。

王女のその綺麗な瞳にじっと見詰められていると、どんなお願いをされても頷いてしまいそうになってしまうのだ。

俺はずっと握られていた王女の手を退《の》けると、代わりに俺の後ろで寂しげに佇《たたず》んでいた紗代の手を取った。

「そのお願い、紗代と一緒に聞いてはダメですかね？」

紗代の肩を抱きながら、俺は王女に問う。

「俺と紗代は一心同体なので」

「し、しーくん……」

紗代が顔を赤くしつつも、嬉しそうに俺の胸に顔を寄せてくる。

王女の口端が僅かに引き攣ったのが分かった。

「……で、できれば、タケダ様お一人の方が嬉しいのですが……」

「じゃあ遠慮します」

「そ、そうですか……では、仕方がありませんわね。とても残念ですけれど」

心中は穏やかではないのだろうが、王女は表面的には笑顔を保ちつつ、俺の拒絶を受け入れたのだった。

◆　◆　◆　◆

鍛錬場から自室へと戻ってきた王女は、扉に鍵をかけるなり思いきり足裏をカーペットへ叩きつけた。

ドンッ、と大きな音が響く。

「ああ、腹立たしい腹立たしい腹立たしい腹立たしい腹立たしい腹立たしい腹立たしいッ！」

その美貌を忌々《いまいま》しげに歪め、何度も吐き捨てる。

脳裏に浮かぶのは、先ほどの屈辱的な光景だ。

「このわたくし直々のお願いを拒絶するですって？　しかも、わたくしよりもあの不細工を取るなんてッ……」

苛々が収まらず、さらに拳を壁に叩きつけた。

「……ですが、正直見誤りましたわ。もっと早い段階からかけておけば……。……いえ、さすがに〈隠蔽〉スキルを使われていては、対処の仕様がありませんわね」

彼女は嘆息しつつ、部屋の奥へと進んだ。

そして小さく呪文を唱えた。

すると壁にかけられていた隠蔽の魔法が解け、隠し扉が露わになる。

扉の奥は小さな隠し部屋になっていた。

その中には、一人の美しい少女。

生まれたままの姿で鎖によって縛りつけられ、壁に磔にされていた。

見たところ外傷は見当たらないが、その美貌は精神的な疲労によって荒《すさ》んでいる。

王女は置いてあった鞭《むち》を手に取ると、その少女を打擲《ちょうちゃく》しはじめた。

「ぁっ！」

少女が掠れた悲鳴を上げる。血飛沫が上がり、抉《えぐ》れた肉片が四散した。

「安心してくださいな。また後でちゃんと治して差し上げますわ。それにしても、やっぱり気分を落ち着けるには〝これ〟をいたぶるのが一番ですわねぇ！　あはははははっ！」

夜遅くまで、王女の哄笑が狭い部屋に響き続けていた。

◆　◆　◆　◆

「ふん、このあたしの身代わりになれるなんて、光栄なことよ。むしろ感謝して死ぬがいいわ」

「アヘ顔ダブルピース」

「だから人の顔で遊ぶんじゃないっての⁉」

女神セラとの交信が可能になるという〝聖戦の日〟。

この日に向けて、ウスラ王国の巫女を中心とした一団が王都を出発しようとしていた。

広大な広場には王侯貴族たちを始め、普段は神殿の奥に隠れて暮らしている巫女の姿を一目見ようと大勢の人々が詰めかけている。

……本当は普通に街で遊んでたりするんだけどな、このチビ《巫女》。

ファンタジーらしい角の生えた白馬が引く豪奢な馬車に乗って、居並ぶ人々の間を進んでいく。

王都は祭りのように賑わっていた。

いや、実際〝聖戦の日〟はこの国の祝祭日の一つであり、数日に渡って様々な催しが行われるという。

「おお、ソフィア様だ！」

「なんとお美しぃ……っ！」

残念、俺です。

本物は遅れて別のルートから出発し、独自に目的地に向かう手はずだった。

神々の中にも「格」というものがある。

この神格が高い神であればあるほど、交信が難しくなるらしい。また、同じ《巫女》の天職持ちであったとしても、通じやすい神とそうではない神がいるそうだ。

《巫女》ソフィアにとって、女神セラは交信の困難な一柱であり、だからこそ特別な日の、特別な場所でしかその神意を問うことができないのだという。

一方、女神セラとの深い交信が可能であると主張しているのが、聖公国の《巫女》であるファーラ王女だ。

だがソフィアは彼女が本物の《巫女》ではないと見ているし、恐らくその可能性が高いだろう。

もしソフィアが神意を聞けば、ファーラ王女は化けの皮を剝がされることになる。

気が気ではない状況だろうが、同時に奴にとってのチャンスでもあった。

女神セラの神殿は聖公国の領地からほど近い場所にあるからだ。盗賊に扮して一団を襲わせるなど、ソフィアを亡き者にするため必ず動いてくるに違いない。

で、俺が彼女の影武者に選ばれたという訳である。

あのとき銭湯の女湯に入ろうと〈変装〉したことで、まさかこんなことになるとは思ってもみなかったぜ。

『(2号) うちのメイドたちは厄介者がいなくなったことで喜んでるぜ』

よし、帰ったらたっぷり可愛がってやろう。

ていうか、本当ならこんな危険で面倒な役目、とっとと分身に押しつけてオサラバするべきなのだが。

この隷属の腕輪を装着されていては、何もできなかったのだ。

どうしたもんかな、これ……。

『(4号) 気をつけろ。たぶん王女の命令を受けてだと思うが、勇者がそっちに行くぞ』

そうなんだよなー。

どうやら今回の件で、あの王女は勇者まで動かすつもりらしい。

もちろん全員ではなく、ごく一部だろうが。

『(4号) 最初は俺に白羽の矢が立ったんだけどな。断った。怒りを必死に堪えている王女の顔、なかなか見物《みもの》だったぜ』

元々は4号、というか、俺を使う予定だったのだろう。

だが断られたので、別の人間を使うことにしたようだ。

何人かがここ数日、勇者の訓練に参加していないので、たぶんその連中だろう。

女神セラの神殿へと至るためには、必ず通らなければならない森。

周囲を鬱蒼《うっそう》とした木々に挟まれた道を、大勢の人間に囲まれながら馬車が進んでいく。

俺は座っているだけなので楽なものだが、同行している神官や護衛たちはしんどそうだ。ここまで約二日、ずっと徒歩だもんな。

しかしこの神官や護衛たちは言わば捨て駒だった。

今回の入れ替わりの件は、ほんの一握りしか知らないそうで、彼らはきっと自分たちがこれから襲われることになるとは思ってもいないことだろう。

ここまで襲撃はなかったが、ここは見通しの悪い森の中。

敵が襲ってくるには最適の場所だろうと予測されていた。

と、まさにそのときだった。

森の奥から、次々と剣や槍などで武装した集団が姿を現したのだ。

格好こそ盗賊のようだが、しかし持っている武器がいずれも上質のもので、手入れが行き届いている。

見る者が見ればおかしいと分かるだろうが、一応は盗賊にカモフラージュしているのだろう。

間違いなくファーラ王女の手の者だな。

「っ！　何だ貴様らは⁉」

「ウスラ王国の《巫女》、ソフィア様と知っての狼藉《ろうぜき》か⁉」

神官や護衛たちが大声で威嚇《いかく》する。

だが敵は無言のまま、武器を手に近づいてくる。

完全に包囲されていた。一人たりとも逃がさないつもりだろう。

一斉に躍り掛かってきた。

護衛の兵たちが彼らを迎え撃つ。

すぐに乱戦となった。だが明らかに敵の方がステータスが上のようだ。護衛の兵たちが一人、二人と斬り捨てられていく。

それも当然のこと。

どのみちこちらは囮なのだ。能力の高い護衛を付ける必要はなかった。

もちろん怪しまれない程度に、だが。

やがて敵の一人が俺の乗っている馬車まで辿り着き、中へと躍り込んできた。

「ソフィア様っ！」

神官の悲鳴が響く。

《巫女》は戦闘系の天職ではない。

ゆえに目の前の襲撃者は、馬車に飛び込んできた時点で、確実にターゲットを仕留めたと思ったはずだ。

「残念でした」

「がっ!?」

だが俺の蹴りが襲撃者の顔面を打ち抜き、馬車の外まで吹っ飛ばしていた。

「そ、ソフィア様……?」

神官の一人が、馬車から出てきた俺を見上げて目を丸くする。

さて。

見たところ、襲撃者たちの強さはせいぜいCランク冒険者程度だ。

つまりレベル30くらい。

一方、俺のレベルは40を超えている。

「お前の身代わりで死んで堪《たま》るかっての。返り討ちだ」

必ず殺されろとは言われてないしな。

俺は馬車から飛び下りると、護衛の兵と斬り合っていた襲撃者に接近し、その腹を思いきりぶん殴った。

がはっ、と血を吐くような息を漏らしたそいつから、あっさりと剣を奪う。

硬い物を切断した音が響き、襲撃者の首が飛んだ。

周囲がどよめく。

俺の姿は完全に《巫女》のそれ。いや、身長とか胸の大きさが本物とは違うが……少なくとも、この場にいる連中は俺を本物の《巫女》だと認識している。

本来ならば戦闘に不向きな《巫女》。

だというのに、剣を振るい、しかも体術まで駆使しているのだ。驚愕するのも無理もない。

その動揺の隙を突いて、俺は襲撃者どもを次々と屠《ほふ》っていく。

逆にこいつらを逃がしてはならない。

俺が偽者であることに気づき、本物の方へと向かわれては困るからな。

当初は襲撃者たちに押されていた護衛の兵士たちも、俺の活躍ですぐに勢いを取り戻した。

逆に襲撃者どもは一気に劣勢に。

「くっ……作戦失敗！　撤た――」

「逃がすかよ」

俺が投擲《とうてき》したナイフが撤退しようとした襲撃者の首を貫く。

すべての敵を無力化するのに、そう時間はかからなかった。

こいつらを締め上げて黒幕を白状させれば、それも貴重な証拠となるだろう。

だが、

「ぁぅあっ！」

「ぐっ……」

「っ……」

拘束していた襲撃者たちが、一斉に苦しみ始めたのだ。

「毒か……」

どうやら口の中に毒を仕込んでいたらしい。

情報を敵に与えてしまわないよう、捕縛された際は自死するように命じられていたのだろう。

プロフェッショナルだな……俺は絶対そんな生き方したくねぇ。忍者だけど。

「さて。しかしこれで終わりとはいかないよな」

◆　◆　◆　◆

王女直々の依頼を断った武田に代わり、ウスラ王国の《巫女》の抹殺という重要任務に駆り出されることになったのは、三人の勇者たちだった。

《双剣士》の山根、《破戒僧》の林、そして《暗殺者》の影山である。

いずれも上級職だ。

聖公国の聖都を出発し、秘かに国境を越えてウスラ王国内までやってきた彼らは、味方の襲撃者とともに森の中に身を潜めていた。

「へへへ、この任務を果たしたら俺、王女様にご褒美貰うんだ……」

などと顔をニヤけさせながらフラグめいたことを呟くのは、《双剣士》の山根である。

高校生になってから髪を茶色に染め、女子にモテようと努力しているが、一向にその成果が上がっていないお調子者の文化系少年だ。

王女ファーラのような美少女からお願いされれば、断れるはずがなかった。

「……王女様、俺にお任せください……」

一方、まるで神に誓う敬虔な信徒を思わせるのは、《破戒僧》の林である。

上背はないがそれなりに筋肉質なのは、野球部に所属しているからだ。

坊主なのは僧侶だからではなく、そのせいである。

山根とは少々内に抱く思いが異なるが、彼もまた王女ファーラの願いを聞き入れてここに来ていた。

「ひひひ……マジで人を殺せるなんて……ひひ……楽しみ……」

最後の一人、《暗殺者》の影山が不気味に喉を鳴らす。

背は高いもののかなり痩せていて、髪を女子のように長く伸ばしている。

一年のときから帰宅部。その容姿と何を考えているのか分からない怖さから、男子も女子も滅多に近づこうとしない人物だ。友人は一人もいない。

彼も王女ファーラの依頼を引き受けたわけだが、他の二人ともまた違った動機を胸に抱えていた。

ここには彼らだけでなく、盗賊の格好をした協力者たちがいた。

森の中で数か所に散らばっているが、その数は全部で五十人以上。

いずれもCランク冒険者相当の実力を有している。

相手はウスラ王国の《巫女》。

当然、護衛も相応の数と質であることを見越して、これだけの戦力を集めたのだった。

それでも念には念を入れて、まだ訓練中ではあるが、すでにBランク冒険者に迫る強さとなった勇者たちを参戦させたのである。

なお山根たち三人は、王女ファーラから、ウスラ王国の《巫女》は魔族に魂を売り、王国を裏で支配しながら人間勢力の弱体化を狙っている存在であると聞かされていた。

やがて、ターゲットが近づいてきているとの報告を受ける。

彼ら三人は盗賊に扮した協力者たちと共に森の中を移動。

そして馬車を包囲する形で道へと飛び出した。

だが、

「おいおい、どういうことだよ？　……護衛、弱すぎねぇか？」

予想外の事態に山根は困惑する。

どういうわけか、味方の勢力が完全に相手を圧倒しているのだ。

これではたとえ彼らが加勢せずとも、《巫女》を始末できそうな勢いである。

すでに護衛を突破し、馬車に到達しようとしている者もいるほど。

しまった、先を越された！　そう思った山根たちは周囲の敵を蹴散らし、慌てて馬車の方へと走ろうとする。しかしそのとき、

「……待て……」

いきなり影山に止められた。

「何だよっ⁉　邪魔すんな！」

「……あの馬車に乗っているのは……恐らく囮……」

「っ⁉」

声を荒らげた山根だったが、影山の言葉に息を呑む。

「……本物は今……森の中を移動してる……」

「本当か？」

「……ああ……〈索敵〉スキルが……反応しているからな……」

影山がそう告げると、山根と林は「なら間違いない」とすぐに頷いた。

「……急ごう」

「おうよ。……へへっ、しっかし、こりゃ大手柄だぜ」

三人は未だ交戦が続くその場を離れ、森の中へと姿を消した。

◆◆◆◆

影武者から数キロ離れた場所。森林の中を進んでいる五つの人影があった。

その内の一人は、見た目、十二、三歳くらいの少女である。

「ああもうっ、鬱陶しい！　何でこんなところを通んなくちゃならないのよっ」

当然、道など整備されていない。

額に汗を掻き、草木を掻き分けながら進んでいた彼女は、思わずそんな悪態を吐く。

「偽者はいいわよね……馬車に乗っているだけで勝手に連れて行ってもらえるんだから」

ぶつぶつと不満を口にしながら、目的地の神殿を目指していた。

だがこのルートであれば、まず敵に捕捉《ほそく》されることはないだろう。

今頃はまんまと囮に引っ掛かっているに違いない。

と、そのとき。

彼女の傍には、護衛として信頼のおける武闘派の神官たち四名が付き添っているのだが、その彼らが不意に足を止めたのだ。

「……前方から何者かが近づいてきます。お下がりください」

四人はすぐさま武器を構える。

急激に緊張感が高まり、少女の頬を汗が伝う。

やがて木々の向こうから人影が姿を現した。

茶髪の少年だった。

しかしこの辺りではあまり見かけない、東方風の風貌をしている。

さらにもう一人。

今度は坊主頭の少年だ。こちらも東方風の容姿である。

「何者だ？」

神官の一人が誰何《すいか》するが、

「へへっ、そいつがウスラ王国の《巫女》だな？」

逆に茶髪の少年からそう訊き返された。

確信する。間違いなく彼らはこちらの命を狙う敵だ。

戦いは避けられない。

護衛たちもすでにそう判断し、完全に臨戦態勢に入っていた。

「ははっ、上級職で勇者である俺たちに勝てるとでも思ってんの？」

「なにっ？」

直後、茶髪の少年が地面を蹴り、躍り掛かってきた。

その言葉に一瞬驚きを示した四人の護衛たちだったが、すぐに気を取り直して迎え撃つ。

少年が繰り出す剣を、護衛の一人が受け止める。

だが次の瞬間、少年はもう一本の剣で斬り掛かってきた。

「まさかこいつ、《双剣士》か⁉」

咄嗟に後退し、護衛は斬撃を回避する。

そのとき坊主頭の方も動いた。こちらももう一人の護衛がすぐさま応じる。

坊主の武器は槍だった。《槍士》だろうか。対して剣を武器とする護衛は、間合いの差に苦戦しながらどうにか対処する。

「ふ、二人がかりで戦えっ！　並の刺客ではないぞ！」

すぐに敵の実力を察し、護衛たちは二人一組で攻めかかった。

すると何を思ったか、坊主頭が素早く飛び下がって詠唱を始める。

そして発動されたのは、

「これは……身体強化魔法っ？　〈補助魔法〉スキルを持っているのか⁉　となると《槍士》では

ない！　《破戒僧》か！　こちらも上級職だと⁉」

「だからさっきそう言っただろ？」

驚愕する護衛を《双剣士》の少年が嘲弄する中、彼らの身体を淡い光が包み込む。

二人のステータスが上がった。

形勢が一気に変化する。四対二であるにもかかわらず、完全に押され始めてしまったのだ。

このままではマズイと判断したのか、護衛のリーダーが叫んだ。

「ここは我らに任せて、先をお急ぎください！」

「わ、分かったわ！」

少女は彼らの声を背に走り出す。

だがそのときだった。

少女のすぐ傍に気配。

「……ひひひ……残念でした……死ね」

「っ⁉」

闇の中からすっと現れたのは、これまた東方風の少年である。

「……俺の天職も上級職……〈索敵〉と〈気配遮断〉……そして〈短剣術〉で、ターゲットを確実に仕留める《暗殺者》……」

その直後、少年が持つナイフが煌めき、少女の首に突き立てられる――

「……は？」

影山がどこか間抜けな声を漏らした。

完璧に気配を消して相手に近づくことに成功し、確実に仕留められる間合いから繰り出した《暗殺者》のナイフ。

まさかそれが、非戦闘系天職の少女に防がれるとは思ってもみなかったのだろう。

「そら」

「がっ⁉」

そればかりか強烈な回し蹴りを顔面にもらって吹き飛ばされ、数メートル先の木の幹に叩きつけられることなど、絶対に予想できなかったに違いない。

「な、なん、で……？」

残念！　実はこのソフィアちゃんも俺でした～っ！

そう。

馬車に乗っていたのも俺だが、こちらも一時分身によって生み出した俺なのだ。

そうとも知らず、こいつらはソフィアとその護衛だと確信して襲い掛かってきたのだった。

俺は聖公国にいる4号のお陰で、《暗殺者》の影山が襲撃してくることは最初から摑んでいた。

そして《暗殺者》は〈索敵〉という厄介なスキルを有していることも知っていた。

放置していては、本物のソフィアを見つけられる可能性があったのだ。

だが普通に近づいたとしても、〈索敵〉を持つこいつには警戒される。

なので誘《おび》き寄せるため、わざわざこうしてもう一つ囮を用意したというわけである。

そのとき後ろから怒号が聞こえてきた。

「ば、馬鹿な……っ？　この俺がっ……」

こちらはチャラ男の山根である。

護衛二人と互角以上に渡り合っていたはずの彼だが、今は苦しげに顔を顰《しか》め、その場に膝を突いていた。

二本の剣はどちらも手から離れ、地面に突き刺さっている。

さらにもう一人、坊主頭の林は、槍を取り落として地面に転がっていた。

「て、てめぇら、最初は手を抜いてやがったな!?　くそっ！」

「不覚っ……」

悪態を吐く山根と悔しげに顔を顰める林を取り囲むのは、護衛四人——というか、俺。

残念！　その四人も俺でした！

つまりレベル40越えの《忍者》が四人だ。

幾ら身体強化魔法でステータスが上がっていようと、せいぜいレベル30の後半程度でしかない勇者二人では相手にならないぜ。

なぜ最初は手加減していたかというと、なかなか影山が出てこなかったためである。こいつを無力化することが最大の目標だからな。

そこでソフィア（偽）を一人で逃がしてみたら、まんまと引っ掛かって現れてくれた。

俺たちは三人を拘束しておいた。

その後、こっそり本物のソフィアを尾行していた分身から連絡がくる。

『今、神殿に入って行ったぞ』

どうにか敵に捕まらず、無事に到着したらしい。

……にしても手間をかけさせてくれやがって。

本来なら俺は馬車の方の囮をするだけでよかったのだ。

もし気を利かせて二重の囮を用意していなかったとしたら、あいつは今頃、山根たちに殺されて亡骸《なきがら》と化していたかもしれない。

ま、こっちとしてもあの王女の正体を知りたかったし、死なれては困るからな。

しかしこれがタダ働きってのは、やっぱ冗談じゃないぜ。

労働には相応の対価を払ってもらわないと。

と言っても奴隷だからなぁ……。

やはりこの隷属の腕輪が邪魔だ。

「……ん？」

そこで俺はあることに気づく。

「かなり分身を使ったせいか、〈分身〉がまた成長したぞ。けど、そんなに大した変化じゃないよう……な？　いや、そうか。これがあれば……」

◆　◆　◆　◆

「で、俺はなぜ拘束されてるんだ？」

ソフィアが女神との交信を終え、王都へと戻ってきて。

これでようやく解放されるかと思っていたのだが……どういうわけか、俺は今、身動きを封じられていた。

場所は神殿の地下牢の最奥。

首をチョンするための器具なんかが置かれていて、明らかに処刑室である。

「偽者を演じれば解放してくれるんじゃなかったのか？」

「そもそもあんたが生きてること自体が予定外だったんだけど？」

ソフィアが鼻白んだように言う。

「いずれにしても、秘密を知ったあんたを解放できるわけないじゃない」

くそ、ふざけんなよ。

俺はわざわざ自主的にもう一つ囮を作ってまで、お前を援護してやったってのに。

第一、王女の正体についてすら教えてもらっていない。

「やりなさい」

ソフィアに命じられ、いかにも荒事《あらごと》に慣れていそうな体格の良い神官たちが俺を引っ立てる。

断頭台の上へ載せられると、巨大な刃の下に首を突き出された。

おいおいおい、マジでヤバイ。このままじゃ本当に殺されちまうぜ……？

だが逃れる術《すべ》はない。

隷属の腕輪を嵌められているし、手足の拘束も強固なので力で破壊することもできなかった。

「ま、待ってくれ！　今後もお前の影武者をする！　だから殺さないでくれ！」

俺は必死に訴えるが、ソフィアは無視して踵を返した。

そしてこちらを見向きもせず、一言。

「やって」

直後、頭上から刃が降ってきた。

ほどんど痛みなどなく、気づけば視界が逆さまになっていた。

そして目の前が暗転していき――

◆　◆　◆　◆

背後から聞こえてきた鈍い音に、ソフィアは思わず目を瞑《つむ》る。

男の叫び声が途切れ――終わったのだと分かった。

偽者をどうするべきか……それは巫女を支える上級神官たちの間で大きな議論となった。

今後も利用していくべきという意見も多かったが、役目を終えれば殺すべきだという意見が大多数を占めていた。

解放してもいいと考える者はもちろんゼロ。

そして最終的にやはり始末することがいいという結論に落ち着いたのである。

たまたま変身するところを見られてしまったのが運の尽き。

けれど巫女のために死ねるとなれば、これほど光栄なことはないはずだ。

(そ、そうよ……あたしのためになら死ねるっていう信徒は、沢山いるんだから……)

ちくりと痛む胸を誤魔化すように、ソフィアはそう自分に言い聞かせる。

(それにあんな不敬な奴、死んで当然よ!)

あの男は、巫女である自分を尊ぶどころか、幾度となくふざけた態度でからかってきたのだ。

神官や信徒たちが見れば、そのあまりの不敬さにきっと怒り狂うことだろう。

ソフィアとしても、影武者として役立つと分かっていなければ、死んでもおかしくないレベルの懲罰《ちょうばつ》を与えていたに違いない。

(何がアヘ顔ダブルピースよ!)

なのにどうしてか、彼の死を後悔している自分に気づき、ソフィアは当惑する。

(考えてみたら、あんなふうにあたしに対等に接してくる奴なんて、今まで一人もいなかったわね……って、今さらそんなこと考えても仕方ないわ……)

ソフィアは首を振って頭を切り替えると、処刑室から出ようとして、

「……？　何よ？　そこに立たれると出られないじゃない」

目の前に大柄な神官が立ちはだかっていた。

苛々と睨みつける。

だが巫女の言葉には絶対服従のはずの神官は、避《よ》けようともしない。

訝しげに眉を顰《ひそ》めていると、突如、その神官の顔や体型が変化していく。

「な……っ⁉」

ソフィアは驚愕する。

なぜならそこに立っていたのは、たった今、首を刎《は》ねられたばかりのあの男だったのだ。

思わず背後を振り返った。

するとあるはずの死体がそこにはない。

「な、なんで……っ⁉」

「どーも、生き返りました」

男はニヤニヤと不気味な笑みを浮かべ、そんなことを言う。

「そ、そんなこと、できるわけないじゃない⁉ 《聖女》ですら、死者を生き返らすことなんて不可能なのよ⁉」

ソフィアは後ずさりながら叫ぶ。

「ま、正確には死んでなかったと言うべきだけどな」

どういうことだと、ソフィアは混乱する。

「ところで、ソフィアちゃん？ 俺はとても温厚な人間だが、さすがに殺されてまでニコニコ笑っていられるほど優しくはないんだよなぁ」

「っ……」

「そもそも今回の仕事への対価を貰ってないからな。それってさすがにどうかと」

ぞっと背筋を寒いものが走る。

ソフィアは直感的に男が何を要求しようとしているのか悟った。

「む、無駄よ！　その隷属の腕輪がある限り、あんたはあたしに逆らえないわ！」

「腕輪？　どこにあるんだ？」

「っ⁉」

ソフィアは目を剝いた。

なぜなら男が掲げてみせた右腕に、さっきまであったはずの腕輪がなくなっているのだ。

「どこ、どうやって……」

「腕輪ならそこに落ちてるぞ？」

指差す方向に視線をやると、そこに確かに腕輪が落ちていた。

外せるはずがない。

「あ、あんたたち、何見ているのよ⁉　早くこいつを取り押さえなさい！」

なぜかこの状況で傍観していた神官たちを怒鳴りつける。

だがそのときさらなる異常が起こった。

「う、嘘……でしょ……？」

三人の神官たちが、まったく同じ姿へと変貌してしまったのだ。

「残念。そいつらも俺でした」

◆　◆　◆　◆

一体何をしたのか、説明しておこう。

首をちょん切られたのは正真正銘、俺の本体だった。

正直言って過去最大のピンチだったのだが……しかし〈分身〉スキルがさらなる進化を遂げた俺にとって、むしろそれは最大のチャンスでもあった。

進化した点を簡単に言うならば、「本体を分身の体へと移動させられるようになった」ということ。

俺はこの処刑室へと連れて来られるより前に、すでに新たに生み出した永続分身へと本体機能を移しておいたのだ。

自由になった俺は、秘かに処刑担当の神官たちを拘束し、それに成り代わった。

ここに来たのはすべて俺が生み出した一時分身だ。

そして元本体には死んでもらった。

あの腕輪を付けられたままでは、いつまでもソフィアの言いなりだ。

経験値が勿体ないので、この身体へとそれも移しておいた。

現在、この処刑室にいるのは俺とソフィアだけ。

「ちょっ、は、離しなさいっ！」

暴れるソフィアを分身たちが押さえ込んでくれる。

「やっぱ悪い子にはお仕置きが必要だよな」

俺は彼女の服を力任せに引き千切った。

「～～～～っ⁉」

下着姿になるソフィア。ほとんど真っ平らな胸の、幼児体型。

生憎と俺はロリコンではないのだが、それでも羞恥で顔を歪め、涙目でこちらを睨んでくる彼女を見ていると、嗜虐《しぎゃく》心とともに興奮が胸の奥から沸き起こってくる。

「まぁロリとは言っても、年齢は十八だしな。合法だろ、合法」

「な、何が合法よっ⁉　ご、強姦は犯罪よっ！」

「殺人よりマシだろ？」

「……っ！　あ、あたしは《巫女》よっ！　あんたみたいなキモイおっさんとは存在の位が違うの！」

「あんまり酷いこと言うなよ。そんな相手とこれから結合するんだからな？」

言いながら、俺は服を脱ぎ捨てた。

目の前のチビ巫女はまったく色っぽさの欠片《かけら》もないが、それでも息子は己の役割を理解し、しっかりと猛々《たけだけ》しい姿へと変化している。

「ひ……っ！」

男らしいそれを見せられ、ソフィアが頬を引き攣らせる。

「お前も見せてくれよ」

彼女の下着を剝ぎ取った。

なだらかな丘と桜色の先端、そしてつるっつるの陰部が露わになる。

「おいおい、まったく生えてないじゃねーか」

「み、見ないでよぉっ！」

俺はソフィアの股へ顔を近づけ、まじまじと観察する。

とても十八歳のものとは思えない不毛地帯。

遮るものが何もないので、ぱっくりと割れた亀裂を確認することができた。

ソフィアは懸命に足を閉じようとするが、分身たちに無理やり開かせる。

M字開脚するロリ。俺の股間にさらに血液が集まってきた。

「挿れるか」

「そ、そんなの入るわけないでしょ⁉」

確かに、ソフィアの膣穴はかなりキツそうだ。

しかも処女の上に、こんな状況だから仕方がないが、まったく濡れていない。

俺の巨根を無理やり入れると、さすがに痛いだろう。

だが紗代のときのように、受け入れ態勢ができあがるのを待ってやる気はなかった。

俺は〈アイテムボックス〉から小瓶を取り出した。中には粘性の高い液体が入っている。

瓶の蓋を開け、中の液体を股間に塗りつけていく。

「これなら大丈夫だろ」

べとべとになった己の逸物を見て、俺は満足する。

簡単に言うとローションだ。

この世界にある特殊な植物のエキスを使っていて、肌にはもちろん、性器にも優しい一級品。

しかも媚薬効果まであるという。

2号が仕入れたもので、その効果は分身たちによって検証済み。

「強姦相手の膣内を気遣う。こんなに優しいレイパーはなかなかいないぞ？」

「やっ……いやっ……」

ソフィアの膣口へ先端を擦りつけてやる。

これから貫かれる恐怖に怯える彼女の顔をしばし楽しんでから、俺は一気に膜を突き破った。

「あああああっ……」

ソフィアの悲鳴をBGMに、俺は一気に逸物を奥まで突き入れる。

「どうだ？　俺みたいな男に犯されるのは？」

「あっ……やっ……やめっ……うっ……動くのはっ……だめっ……」

腰を振り、彼女の内部を摩擦していく。

「おいおい、犯されてるくせに乳首が勃《た》ってきてるじゃねーか」

「こ、これはっ……ち、違うのっ……」

ローションに含まれる媚薬効果のお陰だろう、小さな丘の先端部が膨らみつつあった。

それを指で摘まんでみる。

「んぁっ……」

くくく、ロリのくせになかなか色っぽい声を出すじゃないか。

「違う？　何が違うんだ？　こんなにこりこりさせて」

「ぁんっ……ゆ、指で摘まむなっ……」

「え？　舌でもやってほしい？」

「ちがっ……ひゃぁっ！」

俺の舌が先端を舐めると、ソフィアは一際大きな声を上げた。

「ぁっ……だめっ……こんなのっ……あ、あたしはっ……巫女っ……なのにっ……」

「その巫女様が、自分で腰を振り始めているんだが？」

気づけばソフィアは自ら気持ちのいい部分を探し、腰を動かしている。

「ちっ……違うのっ……これはっ……あたしの意思じゃっ……なくてっ……」

「っと……お前がそんなに振るから、そろそろ我慢できなくなってきたぞ」

「っ!?　ま、まさかっ……あんたっ、中に出す気じゃっ……」

「当然だろ？　そんなに俺のを欲しがってるんだから、たっぷり注ぎ込んでやるのが礼儀ってもんだろ？」

「や、やめっ……だめっ……それだけはっ……」

一気に射精感がせり上がってくる。

衝動のままに尿道の奥から熱いものを吐き出してやった。

「あああああああああっ⁉」


ぬるっと、狭い穴から逸物を引き抜くと、白い液体が不毛の大地の上を垂れていった。

「うぅ……馬鹿……死ね……」

ソフィアは涙と鼻水でぐちゃぐちゃになった顔で、怨嗟《えんさ》の言葉を呟いている。

「さっき殺されたぞ」

射精後の軽い脱力感に襲われながら、俺はそう言い返してみる。

それからニヤリと口端を吊り上げて、処女喪失したばかりの彼女へ追い打ちの一言を告げた。

「ちなみにこれで終わったと思うなよ？」

「……は？」

性行為をじっと傍観していた分身の一体が、俺と入れ替わる。

分身の股間は大きく膨らんでいた。

「まさか……」

「こっちの俺にも楽しませてあげないといけないからな」

先ほどの焼き直しのように、今度は分身が陰部をソフィアの中へと入れていく。

今度はすんなりと奥まで入り、分身が腰を動かす。

「あっ……だめっ……二度もっ……なんてっ……」

そう言いながらも、やはりソフィアは自分でも腰を振る。

「言っておくが、これはお前が完全に快楽の虜《とりこ》になるまで続くぞ？」

「～～～っ!?」

愕然と目を見開くソフィア。

「あんっ……この格好っ……しゅごいっ……」

分身は床の上に寝転がり、ソフィアはその腰の上に跨った。いわゆる騎乗位の体勢になり、腰を上下に揺らしながら悶え喜んでいる。

さらにそのとき、もう一体の分身も動き出した。

「なっ……何をっ……？」

その分身はソフィアの背後へと回ると、股間にローションを塗りつける。

「そっちの方は初めてだからな。しっかりと塗っておけよ」

そしてぬるぬるになった逸物を、分身はソフィアの尻穴へと突入させた。

「ひぎぃぃぃっ!?」

前と後ろを同時に突かれ、ソフィアがおかしな声を上げる。

「こんなのっ……らめぇっ……おかしくっ……おかしくなっちゃうぅぅぅっ！」

ほとんど白目を剝き、痙攣したように全身をビクビクさせている。

「おっと。穴はもう一か所あったか」

「あば……っ⁉」

ソフィアの小さな口の中へ、三体目の分身がパンパンに膨れ上がった逸物を挿れた。

「んんっ……んばっ……あぶっ……」

「ははは、どうだ？　三か所を同時に処女喪失した気分は？」

もちろん口を封じられていては、返事をすることはできない。

だが三か所から響いてくるじゅぽじゅぽというイヤらしい音が、ソフィアの快楽を代弁してくれている。

「そ、そろそろ限界だぞ」

「俺も」

「俺もだ」

分身たちが口々に訴えてくる。

「よし、じゃあ濃厚なミルクを同時にたっぷりと注ぎ込んでやれ」

「「で、出るっ！」」

ドビュビュビュビュビュビュビュビュビュッ‼

「あああああああああああああああああっ⁉」

射精音の三重奏が響き渡り、一瞬遅れてソフィアの絶叫が轟く。

ずぼずぼずぼっ、と三本の逸物を抜くと、穴から大量の白濁液が溢れ、床を白く濡らしていった。

「はぁはぁはぁ……」

虚ろな目で息を荒らげる神の巫女。

彼女の四肢はまだビクビクと痙攣していて、背中を軽く撫でただけで、「んぁっ！」と悲鳴を上げた。

「ソフィア。今度はお前が俺の奴隷になれ」

耳元で囁いてやりながら、俺は床に転がっていた隷属の腕輪を彼女の腕へと嵌めてやった。

「……ひゃぃ……ごひゅじん、しゃまぁ……」

呂律《ろれつ》の回らない精液塗《まみ》れの舌を懸命に動かしながら、ソフィアはかくかくと頷いたのだった。

◆◆◆◆

「はぁ。わたくし、あなたには期待していましたのに……」

ファーラはそう言って、これ見よがしに嘆息してみせた。

「申し訳ありません……」

「わたくしのこのどうしようもないほどの落胆と失望、謝って済むものと思いまして？」

そう冷たく言い放つと、床に擦りつけられている彼の頭を踏みつける。

「あひっ……ごめんなしゃいっ……お許しください、ファーラ様ぁ……」

情けない声で謝罪してくるのは、ウスラ王国の巫女抹殺を任せたものの、しかし失敗に終わってすごすごと帰還してきた勇者——山根だった。

苛立ちを隠さずに、ファーラは彼らの頭に載せた靴をぐりぐりと動かす。

「お、お許しくださいっ……つ、次こそは、必ず……」

「次？　あいつを始末できる機会が他にあるとでも？」

普段はウスラ王国の神殿に閉じ籠っている《巫女》を殺すのは難しい。

だからこそ今回の巡礼で確実に仕留めるため、わざわざ彼らを派遣したのだ。

「こんなに簡単なお使いすらできないなんて、もはや豚同然ですわね。なぜ豚が服を着ているのでしょうか」

「すすすいませんっ」

生ゴミでも見下ろすかのような視線とともに言い捨てると、山根は慌てて服を脱ぎ出した。

下着も脱ぎ捨て、真っ裸になる。

「はっ、汚いお尻ですわね」

ファーラはそのお尻を思いきり蹴り飛ばした。

「あふぅっ」

「あら、豚は豚らしく鳴くべきではなくて？」

「ぶひっ」

山根は豚のように鼻を鳴らす。

「そうですわ。その調子ですわっ」

ファーラはさらに彼の頭や尻を蹴りつける。

「ぶひっ、ぶひひっ……」

そのたびに彼は豚を真似《まね》て鳴いた。

まさしく屈辱的な姿であるが、しかしその表情は恍惚としていて、頬は赤く上気している。

「ぶひっ……ファーラ……さまぁ……もっと……もっとしてくださいぃ……」

「あはははっ！　痛めつけられて興奮するなんて、本当に淫乱なクソ豚ですわねぇ！」

ファーラは笑い声を上げながら、今度は股間を踏み付けた。

「あっ……ぶひいっ……」

「ここですの？　ここがいいんですの？　汚いモノがこんなに大きくなってますわよ？」

「ぶひっ……ぶひぃっ……」

それから散々虐めてやると、やがて彼はぐったりして動かなくなった。全身がぴくぴくと痙攣していて、床は色んな体液で濡れている。

口端を歪めてしばし眺め下ろしてから、ファーラは思考をこれからのことへと向けるのだった。

（あの巫女は女神セラからのお告げを聞いたはず。わたくしの正体が周知されるまで、もうあまり時間が残されていませんわね。……本来であれば、もっと勇者たちを成長させてから起こす予定でしたが、こうなった以上は仕方ありませんわ）

そうしてファーラは、配下を呼んで命じたのだった。

「最後の引き金を引きなさい。人間と魔族の全面戦争を始めますわよ」

書き下ろし 短編

私はエリーゼという名を、その人生と一緒に捨てました。

今の私はエルザ。

敬愛するシーノ様が付けてくださった名前です。

シーノ様は、とても精悍な顔立ちをした男らしい方です。

まるで絵画の中から抜け出してきた英雄様のような御姿に、私は初めてお会いした瞬間から心を摑まれてしまいました。

しかもそんなお方が、冤罪で処刑されかけていた私のような者の命を救ってくださったのです。

それればかりか、私に第二の人生を与えてくださいました。

「うちでメイドをやらないか？」

なんとシーノ様は、自らそう提案してくださったのです。

答えなど決まっていました。

私はすぐにシーノ様の足元へと跪《ひざまず》きました。

王宮に任官する際に、王様の前で行った騎士の誓い。

いえ、間違いなくそれ以上のものを込めて、私は宣言しました。

「私の身も心もすべて、貴方様に捧げることをお誓い申し上げます」

この方のためなら死んでも惜しくはない。

一生、シーノ様のお傍にお仕えしよう。

私はそう決意したのです。


シーノ様の屋敷には私以外にも五人のメイドがいました。

いずれ劣らぬ美女ばかりです。

しかし私も騎士団一の美女として知られ、貴族から求婚されること数知れず、決して彼女たちに劣ってなど……と、そこまで考えたところで、自分の浅ましさに気づかされました。

シーノ様ほどのお方です。

私のような者がそのお手つきになれるかもしれないなど、考えるだけで不敬極まりないことでしょう。

私はすぐにそのような疚《やま》しい思考を頭から振り払いました。

どうやら彼女たちが屋敷に来たのは私とほぼ同じ頃だったようです。

しかも皆、奴隷という身分であったこともあり、一応は貴族の出である私がメイド長を務めることになりました。

「シーノ様のメイドとして恥じない働きをしてみせます」

その思いを胸に、私は仕事に精を出しました。

そして、

「……全然できません」

愕然としました。

料理、掃除、洗濯……メイドの基本とも言えるこれらが、私にはまったくできなかったのです。

当然のことでしょう。

なにせ、私の天職は《魔導騎士》。

ごくごく稀少な戦闘系の上級職であり、幼い頃から、そうした家庭の諸々《もろもろ》を学ぶことよりも、戦うための訓練に明け暮れてきたのですから。

それでも所詮は家事。戦闘よりはずっと簡単なはず、と思っていたのですが……。

完全に舐めていました。

料理で包丁を扱えばまな板ごと切断し、廊下を箒で掃こうとすれば箒《ほうき》を破壊してしまい、洗濯をしようとすれば服を引き千切ってしまう……。

頬を引き攣らせた他のメイドたちから、「と、とりあえずエルザ様は、見て覚えるところからお願いできますか……？」と言われてしまいました。

しかも私以外のメイドたちは全員が経験者のようでして、すべての仕事をテキパキと熟していくのです。

ゆえに私のダメっぷりが、かえって浮き彫りになってしまいました。

「まるで戦力にならないばかりか、皆の足を引っ張っている始末……。このままでは私はお払い箱に……？」

なんということでしょう。

あんな誓いをしておきながら、私はシーノ様のお傍に仕えるのに相応しい実力を持っていなかったなんて……。

そもそも、この屋敷にはシーノ様や私を含めて七人しか住んでいません。

なのにその内の六人がメイドなのです。

どう考えても過剰戦力。

仕事の量自体が少ないのですから、ますます私の出番はありません。

「ああ、どうすれば……どうすれば……」

頭を悩ませ、私は必死に考えました。

このままではシーノ様に顔向けできません。

怖くなってしまい、私は秘かにシーノ様のことを避けるようになってしまいました。

そんなある日のことです。

「エルザ。少しいいか？」

「は、はいっ」

シーノ様に呼ばれてしまったのです。

もちろん応じる以外の選択肢などありません。

シーノ様のお部屋へと向かう途中は、さながら断頭台へと向かう死刑囚の心地でした。

「どうやら君には家事は向いていないようだ」

ああ、やはりお払い箱決定ですね……。

つい先日、救われたばかりだというのに短い命でしたと、自虐する私。

むしろシーノ様に落胆されてしまうなど、恥辱の極み。あそこで死んでいた方がマシだったかもしれません。

「そう言えば、エルザは騎士をしていたのだったな」

ですがどういうわけか、シーノ様はまるで世間話でもするかのように、そんなことを言い出しました。

「え？　は、はい。《魔導騎士》の天職を授かっておりましたので……」

「ならば俺の護衛をしてくれないか？」

「ご、護衛、ですか？」

思わぬ申し出に、私は耳を疑います。

「ああ。その方が君には向いていそうだ。むしろ料理や掃除などをさせておく人材ではなかった」

「はい！　頑張ります！　護衛メイドとして！」

護衛メイド……？　とシーノ様が少し首を傾げておられる中、私は天にも昇る気持ちで今にも泣き出してしまいそうでした。

地獄から天国とはこのことでしょう。

私はまだ、シーノ様のお傍にいてもいいのです。

それに護衛ならば、きっと六人いるメイドの中でも私にしかできないはず。

それから私は護衛として四六時中傍に控え、シーノ様と行動を共にさせていただいております。

これ以上ない幸福な日々です。

シーノ様は現在、商会を経営しておられます。

まだ設立されて間もないそうですが、すでに王都以外にも支店を設けていて、かなり順調だそうです。

それにしても、シーノ様はほとんど屋敷の執務室にいらっしゃるのですが、一体どうやって従業員に指示をされているのでしょうか？

いえ、シーノ様のことです。

きっと私には理解できない方法で商会を運営しておられるのでしょう。

現に、屋敷での食事はどんどん高級なものになっていきますし、当初は少なかった家具も増え続け、しかもどれも高級品ばかりです。

さらに、なんと私たちメイドに給料すら出して下さるのです。

それも王宮で騎士をしていたとき以上の金額です。

「こ、こんなにたくさんいただけませんっ。第一、これほどいただいても、使い切れませんし……」

そんなふうにお断りしようとしたこともありました。

するとシーノ様はあの美しいお顔に笑みを浮かべ、

「服でも買えばいい。君が着飾って、より美しくなってくれれば俺も嬉しい」

きゃあああああああああっ！

シーノ様シーノ様シーノ様シーノ様シーノ様シーノ様シーノ様シーノ様シーノ様シーノ様シーノ様シーノ様シーノ様シーノ様シーノ様ぁぁぁぁぁぁっ、素敵すぎですぅぅぅぅぅぅっ！

……すいません、少々取り乱してしまいました。

ですが、もうシーノ様が素敵すぎです。

こんなの、気持ちを我慢できるはずがありません。

私は夜になると、シーノ様のことを思いながら自分の繊細な部分を愛撫してしまいます。

罪悪感を覚えますが、抑えることはできませんでした。

その日の夜もまた、私は自室のベッドの上で一人妄想に耽りながら、下腹部を指で刺激していました。

「ああっ……シーノさまぁ……好き……好きですぅ……ほしいですっ……シーノさまのがっ……ほしいですぅっ……」

「そうか。なら俺のをやろう」

「っ⁉」

突然のことに、私は心臓が止まるかと思ってしまいました。

すぐ傍にシーノ様が立っていたのです。

一体いつの間に部屋に入って来られたのか、まるで分かりませんでした。

しかしそんな疑問よりも、とにかく私はパニックに陥りました。

こんなことをしている姿をシーノ様に見られてしまった……！

「ももっ、申し訳ありませんっ！」

私はすぐさま飛び起き、必死に頭を下げました。

「わわわ、私のような者が、ご、ご主人様をこのようなこ――んっ⁉」

二度目の衝撃が走りました。

いきなりシーノ様に唇を奪われてしまったのです。

「謝らなくていい。……俺も君を抱きたいと思っていた」

さらに耳元でそう囁かれて。

これほど幸せな瞬間が、今まであったでしょうか。

私はこの日、シーノ様に処女を捧げました。


護衛メイドとして、これ以上ない日々を送っていたある日のことです。

私はシーノ様から直々に命を受けました。

「俺の兄がこの屋敷に来ることになった。これから迎えに行ってほしい」

これまで、シーノ様がご家族のことを語られたことは一度もありませんでした。

ですので私はこのとき初めて、お兄様がいらっしゃったことを知りました。

シーノ様のお兄様となれば、きっと素敵な方に違いありません。

大役を任されたプレッシャーを感じながら、私はすぐにお兄様をお迎えする準備を始めました。

絶対に失礼があってはいけません。

シーノ様のお部屋に次ぐ場所を、お兄様のためのお部屋として確保し、他のメイドと協力して家具なども揃えました。

そして私は飛行用のワイバーンを使用し、王国の南へと飛びました。

騎士時代に幾度かワイバーンに騎乗した経験があり、もちろん本職ほどではありませんが、操縦には自信があります。

やがて目的地が見えてきました。

「あの方でしょうか？」

私はそれらしき人物を発見し、ホバリングさせながらゆっくりと降りていきます。

シーノ様が言われていた服装をしているので間違いないでしょう。

だんだんとその姿が近づいてきて――

「……は？」

思わずそんな声を漏らしてしまいました。

というのも、シーノ様とは似ても似つかない容姿をしていたのです。

髪の色も、目の色も、肌の色も、顔つきも、背の高さも、何から何までまったく異なります。

本当にこれがシーノ様のお兄様？

「あなたがシノブ様ですか……？」

「ああ、そうだ」

「……わ、私はシーノ様のメイドを務めております、エルザと申します」

どうやらこの方のようです。

一体どうすれば同じ親からこれほど違う兄弟が生まれて来るのでしょうか。

しかも私の顔や身体を見て不気味な笑みを浮かべています。

そこでハッとさせられました。

ワイバーンに二人乗りする際には、そのスペース上、どうしても密着する必要があります。

つまりこれから私に、こんな男に半ば後ろから抱きつかれるような格好で、王都まで長距離飛行をしろと？

……嫌です。

いえ、無理です。絶対。

そもそもシーノ様以外の男性に触れられること自体が、私には無理でした。

それでもお兄様ならと思っていたのですが……。

ていうか、何なんですかね、この男？

シーノ様のお兄様だというから丁重にお迎えしなければと思ってきましたが、弟の屋敷に寄食《きしょく》する気満々ですよね？

それにこの締まりのない顔、いかにもダメ人間の香りがプンプンしています。

きっと、自分では一切働かず、ギャンブルと女遊びに耽って多額の借金を作り、その度に弟のシーノ様に大金を借りては未だ返さず、挙句の果てには暮らす場所もなくなってしまったからと平然と居候を要求する……そんな男に違いありません。

早く更生させなければ、永遠にシーノ様にとって有害な存在であり続けるでしょう。

——がしっ。

「え？」

私はワイバーンに命じ、前脚で男を摑ませました。

「では、出発いたします」

「ちょ、ちょっと待てぇぇぇぇっ!?　普通、鞍の上に乗るもんだろ!?　何で俺、足で捕獲されてんの!?」

見ていてください、シーノ様。

私は貴方様のために、この男を躾《しつ》けて少しでもマシな人間に変えてみせましょう。

残念！それも俺でした

分身スキルで100人の俺が無双する

キャラクターデザイン

Character Design

▲武田信夫

▼佐倉美鈴

◀臼井紗代
リオ▶

ノクスノベルス

分身スキルで100人の俺が無双する～残念！それも俺でした～ 1

2018年2月20日　第一版発行

【著者】
九頭七尾

【イラスト】
B-銀河

【発行者】
辻政英

【編集】
沢口翔

【装丁デザイン】
ウエダデザイン室

【印刷所】
図書印刷株式会社

【発行所】
株式会社フロンティアワークス
〒170-0013 東京都豊島区東池袋3-22-17
東池袋セントラルプレイス5F
営業 TEL 03-5957-1030　FAX 03-5957-1533

ノクスノベルス公式サイト
http://nox-novels.jp/

※本作は、「小説家になろう」（https://syosetu.com/）に掲載されていた作品を、大幅に加筆修正したものとなります。